鹤顶凤冠

冯骥才序文精选

冯骥才／著

作家出版社

图书在版编目（CIP）数据

鹤顶凤冠：冯骥才序文精选 / 冯骥才著 . -- 北京：作家
出版社，2020.5

ISBN 978 – 7 – 5212 – 0813 – 9

Ⅰ . ①鹤…　Ⅱ . ①冯…　Ⅲ . ①序言 – 作品集 – 中国 –
当代　Ⅳ . ①I267

中国版本图书馆 CIP 数据核字（2019）第 283513 号

鹤顶凤冠：冯骥才序文精选

作　　者：冯骥才
责任编辑：钱　英　杨新月
装帧设计：　合和工作室
出版发行：作家出版社有限公司
社　　址：北京农展馆南里 10 号　　　邮　　编：100125
电话传真：86 – 10 – 65067186（发行中心及邮购部）
　　　　　 86 – 10 – 65004079（总编室）
E – mail: zuojia@zuojia. net. cn
http: // www.ZUOJIACHUBANSHE.COM
印　　刷：河北鹏润印刷有限公司
成品尺寸：148 × 210
字　　数：204 千
印　　张：10
印　　数：001– 10000
版　　次：2020 年 5 月第 1 版
印　　次：2020 年 5 月第 1 次印刷
ISBN 978 – 7 – 5212 – 0813 – 9
定　　价：38.00 元

鹤顶与凤冠

白鹤周身雪，顶上一点红；

还有——

彩凤百色衣，其冠貌如花。

我要用它们说什么？

我用来比喻两种体裁的文章，都是序文：一是自序，一是代序。

序文写在书的前头，在读者阅读之前，把这本书的内含、旨要、特点，及其独立的价值等等先告诉给读者。这些内容只能用序文来表达；自序是自我来表述，代序则是代别人言，兼亦评说。所以，自序有如给自己头上点红，代序好似为别人头上加冠。

序文是一种特殊的文体，不是可有可无，它有特殊的功能。有些话必须写在序中，而且必须简洁明了，不能拖沓，拖沓没人看。好的序文还要把读者带入书中，所以序文的文字应该鲜活和新颖；若是妙文，再好不过。

数十年里，我写的序文不少。由于我不大喜欢麻烦别人作序，我的书基本都是自序。书的中外版本多，自序的篇数已经过百。

此外，我的友人多，朋友常会托我写序，然而只要应了人家，从不应酬，草率为之。文字很贵重，只要下笔，一定要拿出真切的感受，或深入思考，表达己见，否则就不写。这样，序文便是一种我喜爱的文体了。

还有，我的爱好多，序亦丰杂。文学作品之外，还为不少画集、文物、自然、收藏、摄影、古籍等写了序言。近二三十年，从事文化抢救，又广泛涉及各类民俗、民艺、地域风情和古村落，关于这方面图书的序文写得也多起来。此类文章自然少不了我对各种事物的文化价值及独特意义的理解与表达。现在，将多年来的自序与代序精选成书。这应是一种独立体裁文章的选本，看上去宛似一片鹤顶与凤冠呢。心中高兴，亦作一序，可谓序之序也。

2019.8.26，首尔—天津机上

目 录

代　序

自序

跋　涉

《冯骥才选集》序

一　你

你把力量贯在脚掌上，抬着疲乏的膝盖，汗水滴了一路。只顾走啊走啊，不知走了多远。当你爬上一块山风吹拂的高地，停下来稍稍喘息，蓦然回首，惊讶不已，原来你已经走过如此漫长的路……

这是山间行路时常有的感受。

行程是人力的标尺。

体力。能力。毅力。

你感到快慰。因为这漫长的路被你所征服；征服是一种带着豪情和烈性的快乐啊！

但你沉下心审视来路，就会发现，你的道路并不美妙。瞧，它竟然这样曲折环绕；本来你应当从那里直奔而来，却兜了好大的圈子；本来你翻过那座乱石岗就会来到这里，又为什么几次退缩不前，终于选中一条稳妥、省力却耽误时光的弯路？不然，你不会仅仅到达这儿，你该行得更远，攀援得更高。

对了，你不会满足自己的！刹那间，许多懊悔、遗憾和自责一齐涌上心头。

弯路，弯路。人生没有笔直的路。有多少由于你的怯懦与失误，多少却是不由自己的？为了避免弯路，最好是多几次回顾。

二 他

大个子的跋涉者已经换上了新草鞋，缠紧裹腿，减轻行囊。一条陌生的新路在他足前展开，伸向远方。

高高的身影，长长的路，远远的目标。这目标有时看不见，却在他的心里。

"你的路还远吗？"

他笑而不答。

"你还会再走弯路吗？"

他侧目沉思。

"你不觉得艰难吗？"

他不屑回答这轻浅的问话。脸颊上闪烁出一种奇异的神采，分明他痴醉在前边一片壮阔的景色里了。

前边有：侧立千仞的峰峦，云烟飘飞的谷壑，从花间穿过的激流，被鸟儿呼醒的森林……也有荒漠，泥淖，荆棘，危崖，壁障，以及迷惑人心的海市蜃楼……

到底是前者还是后者更吸引着他？

"哎，你说——"

他依旧不语。迈开长长而毫不犹豫的步子，身影一点点消失在这片莫测高深的景色里……

三　我

精通于标点符号者，莫过于编辑。

这次，百花文艺出版社的三位编辑——总编辑谢国祥和编辑刘国玺、孟淑湘同志，在为我校正许多失误的标点之后，还额外给我加上一个大句号。

这三本选集，是从我开始文学生涯以来，直到八三年年底，五年来发表的作品中，经过择选而编成的。五年是个整数。在这儿画个句号真是再恰当不过了。

我把它叫作"生活的答卷"。当然，很可能是个不及格的答卷。我郑重又不安地等待着文学最公正的考官——时间和读者来判分。

然而，这毕竟"结"了。画过句号。

但是，了又未了。

往往小说了却人物的悲欢离合，这些人物在现实中的命运并未结束；一个故事在作品中完结，它却在生活中接续发展；书写完了，生活又给我们展现它另一番崭新而鲜活的面貌。

生活不会停留在任何一个句号上。

它给一切肯于思索和有所作为的人，画出一个又一个问号来。

生活赋予热爱它的人以厚赐，也将把对它的冷淡者无情地抛掉。

我对我说：

"别站在它的岸边，纵入它热烘烘的胸怀里吧！拿出激情和柔情，爱惜与憎恨，好奇与探究……以及全部身心，去追逐生活有力的层层叠浪，甚至加一把劲儿，钻进它汹涌的中流吧！感受着它那充满矛盾、充满魅力、充满苦乐和充满希望的一切！"

文学的面貌，是一代人精神的面貌，也是生活的面貌。作品的风格，是作家个性和时代特征的有机的凝结。因此，一刻不停变化着的生活，总要不断改变那些不肯喘息的作家笔下的风貌。

奋进的作家必然会从米丘林那里得到启发：等待不如索取。

一个作家如果想证明他活着，就是不断把他的读者引入新的生活和新的艺术境界。

让我们再享受到生活最甜蜜动人的时刻：新的开始。

1983.12

下一步踏向何处

《意大利小提琴》序

心武：

　　你好！年前你两次来津，我们都得机会长谈。回想起来，谈来谈去始终没离开一个中心，即往下怎么写？似乎这个问题正在纠缠我们。实际上也纠缠着我们同辈的作家们。你一定比我更了解咱们这辈作家的状况。这两天蒋子龙来信问我："你打算沿着《歧路》（《铺花的歧路》）走下去，还是依照高尔基《在人间》的路子走下去？"看来，同一个问题也在麻烦这位素来胸有成竹的老兄了。本来，文学的道路，有如穿过莽原奔赴遥远的目标，不会一条道儿，一口气走到头。但我们这辈作家为什么几乎同时碰到这个难题呢？看来这是个共同性的问题。

　　这些天，我产生许多想法，虽然纷乱得很，也不成熟，但很想拿出来在你那里换得一些高明的见解。

　　我们这辈作家（即所谓"在粉碎'四人帮'后冒出来的"一批），大都是以写"社会问题"起家的。那时，并非我们硬要写"社会问题"，而是十年动乱里堆积如山的社会问题迫使任何一个有良心、有责任感、有激情的作家不能不写；不是哪儿来的什么风把我们吹起来的，而是社会迅猛的潮流、历史的伟大转折、新时代紧急的号角，把我们卷进来，推出来，呼唤着挺身而起。我们写，一边潸然泪下，义愤昂昂，热血在全身奔流，勇气填满胸膛。由于我们敢于扭断"四人帮"法西斯精神统治的锁链，敢于喊出人民心底真实的声音，敢于正视现实，而与多年来某些被视为"正统"、实则荒谬的观念相悖。哪怕我们写得还肤浅、粗糙，存在各种各样明显的缺陷，每一篇作品刊出，即收到雪片一般飞来的、热情洋溢的读者来信。作者与读者互相用文字打动和感动着，一篇小说稿在编辑部传阅时沾上一次次泪痕，是多年文坛不曾有过的现象。正如热气回荡的天地渴望电闪雷鸣一样，当时还不曾从"四人帮"的精神桎梏中解放出来的文学，也亟需一批无所畏惧的初生牛犊。我们这辈作者，一开始写作，就与祖国、民族、人民的命运联系在一起，同当代史上第三次思想解放运动联系在一起，大胆直面人生，由生活获得的实感出发，进行创作。因此，我们感到，我们与中断了若干年的真正的革命文学传统联结起来，并在文坛上筑起现实主义的新的阵垒。

文学正在发展。文坛上总是这样：热的要冷却下来，冷淡多年的又要重新变热。潜在水底的一个个冒出犄角；浮在表层的，有的被时间的尘埃覆盖起来，有的则钻向深处。近一年多来，文学开始往纵横两个方向伸展，出现了色彩斑斓、标新立异的可喜的现象。

我们都在努力，也都感到各自的不足。感到自己的文字功力不深，知识范围狭窄，修养浅薄，创作准备不足，等等。这些仿佛都不难办。因为，我们可以向一些健在的老作家叩门求教，还有源源不断的中外名著可供借鉴和滋补。但关键的是创作的路子存在一些问题——

主要是前一段我们比较偏重写"社会问题"。尤其是在短篇小说里，常常把"社会问题"作为中心，难免就把人物作为分解和设置这些问题中各种抽象的互相矛盾因素的化身。作者的着眼点，经常是在各处矛盾冲突之后（即在小说的结尾部分），发表总结式或答案式的议论。即使这些议论颇有见地，但小说缺乏形象性，构思容易出现模式化和雷同化，并潜藏着一种新的概念化倾向。往往由于作者说了真话，对于多年听惯和厌烦了假话的读者来说，这些议论很有打动人心、引起人共鸣的力量。作品获得的强烈的社会反响会暂时把作品的缺陷掩盖起来，时间一久，缺陷就显露出来。这样下去，路子必然愈走愈窄。由于作者的目光只聚焦在"社会问题"上，势必会产生你上次谈话时所说的那种情况，"在每一篇新作品上，强迫自己提出一个新的、具有普遍性和重大社会意义的问题"，这样就会愈写愈吃力、愈勉强、愈强己之所难，甚至一直写到腹内空空，感到枯竭。

我这样说，是不是反对写"社会问题"呢？不是的。一个社会责任感强、十分敏感的作家，不可能不随时注意到各种各样的社会问题。比如，巴尔扎克、托尔斯泰、左拉、狄更斯、莫泊桑、鲁迅、巴金的名作巨制中，都包含着许许多多社会问题。尽管这些社会问题有的早已不复存在，但他们写这些问题时所倾注着的激情和迫切感，使我们在诵读时还能明显地感受到。

前不久，严文井同志给我的信里说："生活，包含着一个以上的社会问题。"这位老前辈的见解使我受到启发。从社会发展上来看，社会发展得愈快，产生的问题就愈多，造成这些问题的因素也很复杂。有的社会问题，人们本来应当避免；有的则是人类社会发展中必然出现的。这些问题纵横交错，各种各样，但前一段时间，我们注重的差不多都是政治因素造成的社会问题。

这样所带来的另一个问题，就是只注重人的社会性，即人的政治立场、思想倾向、态度观点，以此来区分所谓好坏和正反面人物。这样就必然忽视了人的复杂性。作者愈想突出"问题"，人物就愈变得次要，而且成了在固定政治标准上好坏不同的、象征性的符号。在一些悲剧作品中，构成悲剧的因素大都是政治因素，其他因素往往被免去不写，或者干脆没有构成于人物和作品中。这大概是要着意强调"社会问题"之故。你肯定读过托尔斯泰的《高加索的俘虏》。书中同样是俘虏的两个人物，由于性格不同，遭遇也不同，命运和结局都不同，十分可信。实际上，我们生活中发生过的某些悲剧，如果主人公换了另一种性格（或个性）的人，也许就不一定会是悲剧，或者结局更为悲惨。

当然，多年来非正常的政治生活造成的、有待解决的社会问题，成堆摆在眼前，成为生活前进的障碍，作家的笔锋是不应回避的。而且，自从十九世纪中叶以后，政治对社会生活的影响愈来愈直接，政局的变动，往往牵涉千万人的生活乃至生存。它迫使人们愈来愈关注它，这是地球上的事实。我一直不大相信"远离政治"或"避开政治论"卵翼下的作品才是有生命力的。中世纪田园诗和牧歌式的小说是那个历史时代的必然产物。我相信，二十世纪后期的世界性的杰作，差不多都离不开政治，而且包含着不少作家对政治的独到认识和见解，纵横穿插着不少社会问题。关键是作家在观察、体验、剖析、表现生活时从哪里着眼？是先从"社会问题"着眼，还是先从这些问题的政治因素着眼？

我以为，一个作家观察生活和动笔写作时，都要站在一定的高度上。我把这个高度分解为六个部分——历史的，时代的，社会的，人生的，哲学的，艺术的。其中"人生的"和"艺术的"两方面，一直不被我们所重视。

我们总在强调高尔基那句名言："文学即人学。"一再说文学是写人的。写人的什么呢？人的感情、性格、思想、遭遇、命运，等等。还有呢？我想，是不是应当注重写人生？因为这个概念里包含着人的一切。我不大同意笼统地提"生活"，这个词儿的客观性太强。生活无非是人的生活吧！每个人有每个人的生活，它由人来决定，因人而异。作家既要观察、熟悉和体会生活中活生生的人，同时也要从每个不同处境、教养、嗜好、个性和气质的角度去看他的生活；既要从每个人身上寻找人生的哲理、诗情和含义，也要从人生总的体验上去加深对每一个人的感受和认识。我想这么写，生活内容就丰富了，人物也会千差万别、有血有肉，作品便经得起推敲和咀嚼了；无论是对生活、对社会、对人，体会会更深；观察和表现的角度也会更多。一个作家对生活的积累，总是感受多于观察的，无意识留在记忆中的多于有意识强记下来的。往往一个新的立意、新的思路、新的构想，会调动出大量生活积累。作者会突然发现自己身上潜在着许多未曾挖掘过的素材的矿藏。为什么巴尔扎克那么多产，同时又写得那样入木三分？如果翻一遍他的代表作，就能发现他对人生的体验异常精深。故此他好像随意从身边拉出几个人物，或拉出某一个生活场景，就能洋洋洒洒数十万言，而自始至终饱含着人生浓郁的况味，处处闪烁着他从个人生活经验里锤炼出的精辟的人生格言。细细分析他的作品，在那些人物的矛盾和情节的纠葛中，也囊括着不少社会问题。只不过他不是简单地一个个把问题抽出来写罢了。因此，他的作品没有由于那些"社会问题"不复存在而失去魅力。而我们有些作品却常常是经不住再读一遍的。这的确很值得研究！

我这里所强调的，就是"写人生"。当然，我们这辈作家所面临的问题还很多，有机会咱们再谈。我再重复一下，我写这封信，是想引起你发表意见；我把这封信公开发表，旨在听一听大家的想法，多做些切磋和研讨，想必会互得启发，各有收益。目前，我们这辈作家对这一问题的关切，说明大家都没有故步自封，而在努力探索新的途径。这或许是大家在创作上将要出现新突破的好兆头吧！

最近，我写了几个短篇小说。发表在今年《收获》第一期上的散文《书桌》，是我依照上面的想法改装后，键盘上试着弹出的几个音。请你看看，我很想听你的意见。听说你正在着力写中篇，盼望你获得新的突破，期待着与你一起分享成功的快乐。

　　祝你

如意

骥才

1981.2.10

秋天里的感想

《高女人和她的矮丈夫》序

一

清爽的风一吹，秋来了。我已经习惯，每逢秋至，像老农那样收割一年的果实。看吧，我都干了些什么？

在那充满幻想的春天，足踏这光秃秃的大地，破土耕种时，想象秋天里要得到一个金光耀灿、饱满丰实的收获。于是一年来，顶着灼人的伏日，耐着难忍的暑气，一个劲儿地摇着疲乏酸累的臂膀，干啊，干啊，这秋收该是快乐的吗？

不，不！我虽然不是贪心不足的汉子，却从来也不满足自己。

二

刚刚收到某刊物编辑部寄来的一张表格，要我填上：你一年来最得意的作品是哪篇？最不满意的是哪篇？

这真是一道叫人搔头的难题。

任何作家动笔时，都对他的题材抱着难禁的冲动与狂爱，而最后使他满意的寥寥无几。脑袋里想的是一码事，落到纸上是另一码事。艺术品只有保留在自己心中时才是最完美的。朦胧中没有破绽，想象可以填满所有空间，但一旦它有姿有态、有形有色了，那些脆弱的、单薄的、松散的部分，以及它的漏洞加上败笔，便一起显现出来。作家开始埋怨自己在写作时一味地服从激情，发表时操之过急，一切不该失漏或应该想到的细节，此刻才姗姗而来。不过，后悔也没用，发表出的作品，有如降生的孩子，该什么样就什么样。

还有，对于作品，作家本人比其他任何人感受都深。这由于书中内容大都是作家切肤感受过的，然而作家又不能把这些感受全都精确无遗、生动切实地表现在纸上。作家心里还留一块，读者手里恰恰缺少这一块。谁又知道这是怎样的一块？哪些丢掉，哪些不足，哪些多余？

三

作家逛书店时，有种奇怪的心理：

他巴望见到自己的书，又怕见到自己的书。

当他看到自己的书出现在架上，会异常欣喜。他的书将从这里一本本跳到读者的手中；但过一段时间，书依旧待在架上，他便隐隐不安，好像没有朋友和知音，可怕的孤独感爬上心头。他渴望读者。

一个作家，一群读者，这群多少人，无法估计。

严肃的作家，既要执拗地表现自己对生活的理解和艺术观，还要找寻与读者沟通的渠道，即读者乐于接受的艺术形式和表现方法。这真难！读者又是千差万别的。难以预料，读者会在哪一方面与作品发生共鸣。作品的社会反响如何常常又是作家意想不到的。因此说，作品的成功是一万个偶然合成的一个必然；而失败则是确确凿凿的必然。

我知道，大多读者都没兴趣看"序"，更何况我这些不着边际的闲扯。关于这本集子，我只想告诉读者，这是我从 1981 年年底到 1982 年年底间发表的中短篇小说的合集。别的话都在书中的故事里了。

1982.10.16 于天津

拾了些小石子儿

《当代中国大陆作家丛刊·在早春的日子里》序

一

任何新鲜的东西一出现，它怡悦你的耳目，撩拨你的心情，占有你瞬息间的全部感受，使你难以掂出它真正的分量，判别其中的是非。

不过，莫要以为它欺骗了你。宇宙里，人生中，世界上，一切都需要时间。

二

我在海边收寻美丽的石子儿。

在被海水抚平的沙滩上，石子儿五颜六色，好似一颗颗奇异的宝石镶在上边。有的华贵，有的古怪，有的洁雅，有的深沉。有的像一只眼睛，一滴泪，或是缩成方寸的峥嵘的山峰。每一个发现，都令我唏嘘、欣喜和惊叫，珍惜地拾起来，当作宝贝一样装进衣兜。

过后，我把这丰富的收获从兜里掏出来，放在桌上一看，却十分扫兴。我不明白，自己怎么会把这种黯淡的、无趣的、普通常见的石子儿拾起来的。甚至当初还如获至宝。我把这些石子儿来回翻检两遍，竟然没有几颗可以留存的……

我从几年来发表的小说中自选这本集子时，又一次体验到那次拾石子儿的感受。真的！真的！大多是有色无光的石子儿！

三

历史和现实的量具，往往不是同一个。

在当时，评判一部作品，难免出于需要，或发自情感。情感和需要都是可变的，这么一来，就使量具的刻度失去客观的常态，但谁也不怨，这都是一任自然的。

然而，历史的尺子却冷静、苛刻和无情，它还常常要对现实留下的一切再衡量，真正达到去伪存真和去芜存菁，它是最后一道公正无私的关卡。一切曾经被夸大或被屈缩的，都要恢复原状，使其以各自的生命力自由蔓延下去。这么一来，短命的便葬身尘埃，长命的则老而不死。这就不必惊讶——为什么某些红极一时的畅销书，转瞬便被人们遗忘。

古往今来的文学大师们写作时，无不考虑作品的生命力。作品要献给同时代人，作用于社会，也要留给后人。任何民族的文化如果只重急功近利，它就不会有遗产，也不会有真正的文化建设可言。

作品传衍，一靠真实的力量，一靠艺术的力量。在文学中，艺术是一种思维，其间含着思想的成分。我用这道理检查一遍自己的作品，所获得的，除去惭愧，多少在认识上得些长进，为此我要感谢四川人民出版社，若不是他们要我编这本自选集，就引不出如上的想法。

寥寥数言，亦算作序。

1982.12.12

画池中物

《我心中的文学》序

一本书总得有个序，不然像谢顶，秃光光。可是要写的，都写在书里了。写废话是最艰难的，故此我有过一种奇想，巴望出版社来个硬性规定：取消序。

这次却例外。

我一边编集这书，一边总去想童年的一件事，止也止不住，以至非说出来不可了。为什么要把它写成序，看了就会明白。

那是我头一次上图画课。老师叫我们趴在水池边，把图画纸铺在石头砌的池沿上，画池中景物。水，芦草，伞一样舒张着的荷叶，莲花和莲蓬，以及立在莲蓬上的金色的蜻蜓。

画！

孩子们的眼睛是没经过训练的，看见什么就画什么。

老师是个大胡子和胖子，和善时像大猫，生气时像熊；嘴里往外冒辣人的烟味。他坐在一块大石头上，等我们画完，一个个拿给他判分。

我画好，给他看。他肉球似的大脸忽地黯下来，有点熊相。他用红蜡笔在我的画面上，画一个"0"字。

我惊得说不出话来。为什么给我"0"分？多糟才给"0"分？我画得并不糟。我把自己看见的那些好看的东西都画出来了。大胡子老师大概看出我不服气，问我：

"池子的水里，哪儿来的云彩，还有鸟儿？"

我说："我看见的，不信您去看。"我有理时，还是挺敢说话的。

大胡子老师站起来，趴到池边看一阵。他看见了，水里确实有云彩，还有鸟，当然那是天上投下来的倒影。

他直起腰，朝我露出和善的笑，这下他像可爱的大猫了。他在那"0"前面，加了"10"，给我100分！他还说：

"你们记着，不管怎么画，只要能说出道理来，我就给100分！"

这话我一直记着，童年时能记住的话不多，这是深深的一句。我还照这话去做，只要认为有理的，就真诚地去做、说、写。

可惜，大胡子老师只有一个。并不是一切有道理的，都能得到好分数，甚至不等你说出道理，就先判分了，还不像大胡子老师那样再问一问。我这人在有些事上很痴，一直弄不懂这是为什么，至今也不明白。

大概这集子，不是小说，净是些说理的文章，我才想到这件遥远的事。联想是没选择的，联上什么想起什么。但这事不写出来，心里总好像多点什么，这集子又好像缺点什么，就把那多的移到这少的上边来。这正好。

当心里平静，自然也就没什么可再写的了。

1985.4.16 于天津

真实高于一切

《秋天的音乐》序

      巴金呼喊说真话而用心中的血写他那本催动人心的《随想录》时，也道出了散文的艺术本质，即真实。真实既是内容的要求，也是艺术的要求。散文比起小说：小说是虚构的艺术，散文是真实的艺术；小说通过艺术虚构达到本质的真实，散文则以起初的描述直通真实的本身。二者殊途同归，最终都达到艺术最高的境界——真实。

      这真实，不仅仅是时代、社会和生活的真实，还有情感、心理、情绪与感觉的真实。特别是散文。因为小说可以很客观，散文却绝对的主观。散文描写的一切，哪怕是对生活的描写，全要经过作者心灵的再造；万事万物无不经过作者心灵的扫描，浸透作者独有的气质、个性、感受方式及其魅力。看似散文写来容易，直抒心怀便能成功，实际上却存着一种深层的困难。在散文中，任何有意或无意地模仿别人，都会更直接地损害自我的完整与真实。散文是一种自我的文学，它需要自我的发现，自我的挖掘，自我准确的表达，以及高度的文字技巧。倘若作者回避自我，或者无力用文字传达出内心与事物的真实，散文则必败无疑。

故此，作者在选编此集时，一是自省，将不真实的篇章删除于外；二是自查，把不真实的文字删掉于中。文学的道路，是一步步寻找与接近真实的路。作者深知此道的艰辛，不敢游戏相对，草率为之，以伪劣充数。世上的虚伪很多，但都与文学绝缘；古来书籍不与蒙骗同在，只与良心共存。上面这些拙见，便是作者选编此集的标准，切望读者以此衡量书中的行行句句。若不真实，严加斥责。评判生活是作家的权利，评判作品是读者神圣的权利。作者垂手而立，听候读者裁决。

1993.2 于天津

《珍珠鸟》前记

　　那次同张洁闲聊天，她忽然打断我的话，心血来潮却非常认真地问我：

　　"你是不是特别想写、特别冲动的时候，反而坐不到桌子前边去了？那时就像害怕桌子，不敢挨近它……"

　　她的目光亮极了，目光前边好像有个极尖的尖儿，要一下子钻进我心里，知道我怎么理解她的话。张洁心血来潮，往往就是她冒灵气儿的时候。她只要从这世界或从自己身上发现到什么，总是急不可待地说出来，还生怕留下什么，一个劲儿往外刨，就像刨树掘根那样。

　　我给她逼得用心琢磨起写作时的那些滋味，便说：

　　"是的！我也是这样……大概因为，一坐到桌前，心就要流血了，灵魂就要受折磨了，就要剥皮抽筋了……"

　　"写完就像大病一场！"张洁接过话叫着。

　　真正的写作难道不都是这样——哪怕几百字、几十字，也都是用笔，像用刀子一样，从心里往外剜东西。有一次，我的一位做编辑的朋友来逼稿，他笑呵呵说："你如果写小说费事，就随便弄篇散文吧！"

怎么，随随便便弄一弄？散文是种工余的写作，像干完活抓痒痒，拿砚边的残墨就能干？就像用剩饭粒儿喂鱼那样？我差点气呼呼撞他两句。仿佛他亵渎了散文。

是！散文有时比小说更难。

听来的一个绝妙的故事，亲朋好友中哪一位做了件愚蠢或机警的事，不相识的人意外碰到什么祸福，都可能从中引出一篇小说。小说常常是别人的事，散文却必须是自己的事。即便写别人，也是写自己。小说往往是身外事，散文大都是心中事。如果说，小说是从别人那里折一段绿枝，插在自己心上；散文便是从自己心里钻出来的芽子。谁知这种子是什么时候埋在心里的，谁知这种子埋多久才发芽。小说容易碰到，散文却不易碰到。散文几乎是"等"来的。因此，我写散文远比写小说少得多。我已经有了大大小小十来本小说，至今才集成这薄薄的第一本散文。

我把冰心老太太给我的题笺印在集子的前面，因为这几句话道出了"为满足自己而创作"的那一类作品的真谛。我把这几句话奉为自己与散文的座右铭。其实散文的天地宽阔得很，我之所以上边把散文说得那么艰难，语多偏激，出于我对散文的追求。因为我知道，对于任何事物，追求者所表现出的执着与偏激，大多不受责怪的。

1985 年初春

灵魂的巢

《冯骥才的天津》序

对于一些作家，故乡只属于自己的童年；它是自己生命的巢，生命在那里诞生；一旦长大后羽毛丰满，它就远走高飞。但我却不然，我从来没有离开过自己的家乡。我太熟悉一次次从天南海北、甚至远涉重洋旅行归来而返回故土的那种感觉了。只要在高速路上看到"天津"的路牌，或者听到航空小姐说出它的名字，心中便充溢着一种踏实，一种温情，一种彻底的放松。

我喜欢在夜间回家，远远看到家中亮着灯的窗子，一点点愈来愈近。一次一位生活杂志的记者要我为"家庭"下一个定义。我马上想到这个亮灯的窗子，柔和的光从纱帘中透出，静谧而安详。我不禁说："家庭是世界上惟一可以不设防的地方。"

我的故乡给了我的一切。

父母、家庭、孩子、知己和人间不能忘怀的种种情谊。我的一切都是从这里开始。无论是咿咿呀呀地学话还是一部部十数万字或数十万字的作品的写作，无论是梦幻般的初恋还是步入茫茫如大海的社会。当然，它也给我人生的另一面，那便是挫折、穷困、冷遇与折磨，以及意外的灾难，比如抄家和大地震，都像利斧一样，至今在我心底留下了永难平复的伤痕。我在这个城市里搬过至少十次家。有时真的像老鼠那样被人一边喊打一边轰赶。我还有过一次非常短暂的神经错乱，但若有神助一般地被不可思议地纠正回来。在很多年的生活中，我都把多一角钱肉馅的晚饭当作美餐，把那些帮我说几句好话的人认作贵人。然而，就是在这样的困境中，我触到了人生的真谛。从中掂出种种情义的分量，也看透了某些脸后边的另一张脸。我们总说生活不会亏待人。那是说当生活把无边的严寒铺盖在你身上时，一定还会给你一根火柴。就看你识不识货，是否能够把它擦着，烘暖和照亮自己的心。

写到这里，很担心我把命运和生活强加给自己的那些不幸，错怪是故乡给我的。我明白，在那个灾难没有死角的时代，即使我生活在任何城市，都同样会经受这一切。因为我相信阿·托尔斯泰那句话，在我们拿起笔之前，一定要在火里烧三次，血水里泡三次，碱水里煮三次。只有到了人间的底层才会懂得，惟生活解释的概念才是最可信的。

然而，不管生活是怎样的滋味，当它消逝之后，全部都悄无声息地留在这城市中了。因为我的许多温情的故事是裹在海河的风里的；我挨批挨斗就在五大道上。一处街角，一个桥头，一株弯曲的老树，都会唤醒我的记忆，使我陡然"看见"昨日的影像，它常常叫我骄傲地感觉到自己拥有那么丰富又深厚的人生。而我的人生全装在这个巨大的城市里。

更何况，这城市的数百万人，还有我们无数的先辈的人，也都把他们人生故事书写在这座城市中了。一座城市怎么会有如此庞博的承载与记忆？别忘了——城市还有它自身非凡的经历与遭遇呢！

最使我痴迷的还是它的性格。这性格一半外化在它形态上，一半潜在它地域的气质里。这后一半好像不容易看见，它深刻地存在于此地人的共性中。城市的个性是当地的人一代代无意中塑造出来的。可是，城市的性格一旦形成，就会反过来同化这个城市的每一个人。我身上有哪些东西来自这个城市的文化？孰好孰坏？优根劣根？我说不好。我却感到我和这个城市的人们浑然一体，我和他们气息相投，相互心领神会，有时甚至不需要语言交流。我相信，对于自己的家乡就像对你真爱的人，一定不只是爱它的优点。或者说，当你连它的缺点都觉得可爱时——它才是你真爱的人，才是你的故乡。

一次，在法国，我和妻子南下去到马赛。中国驻马赛的领事对我说，这儿有位姓屈的先生，是天津人，听说我来了，非要开车带我到处跑一跑。待与屈先生一见，情不自禁说出两三句天津话，顿时一股子惟津门才有的热烈与义气劲儿扑入心头。屈先生一踩油门，便从普罗旺斯一直跑到西班牙的巴塞罗那。一路上，说的尽是家乡的新闻与旧闻、奇人趣事，直说得浑身热辣辣，五体通畅，上千公里的漫长的路竟全然不觉。到底是什么东西使我们如此亲热与忘情？

家乡把它怀抱里的每个人都养育成自己的儿子。它哺育我的不仅是海河蔚蓝色的水和亮晶晶的小站稻米，更是它斑斓又独异的文化。它把我们改造为同一的文化血型，它精神的因子已经注入我的血液中。这也是我特别在乎它的历史遗存、城市形态乃至每一座具有纪念意义的建筑的缘故。我把它们看作是它精神与性格之所在，而绝不仅仅是使用价值。

我知道，人的命运一半在自己手里，一半还得听天由命。今后我是否还一直生活在这里尚不得知。但无论到哪里，我都是天津人。不仅因为天津是我的出生地——它绝不只是我生命的巢，而是灵魂的巢。

2003.8.17

心灵的意象

《心灵的水墨》序

　　一位医生对我说，你们作家艺术家说的心，和我们医生说的心不一样。我们说的心是心脏；你们说的心，实际上在脑袋里，是大脑的一种精神活动和精神空间。

　　我反驳这医生说，那么你们说的心理学或心理医生呢？不也是这个心字？

　　医生笑笑说，那只是沿用了你们的词汇而已。其实心理也是一种精神活动，还是属于大脑范畴的。

　　我也笑了笑说，你我各自的"心"，还有什么更深刻的不同？

　　医生说，我们所说的心可以通过彩色多普勒或 B 超显示出来，看得见。你们所说的那个心呢？看不见吧。

　　他说到这里，我就知道我胜了。我拿出这本书——《心灵的水墨》给他。我说，瞧吧，尊敬的医生，这就是我的"心脏"！

　　我还告诉他，人为了听见自己的心才写作，为了看见自己的心才画画。

2002 年元月

感知的文字

《春天最初是闻到的》序

散文是一种感知的文字,作家离不开它。思想者由观察到思考再到思想,全部过程都是逻辑和理性的。作家则由形象化的感受到认知,其中也有思考,但总是由感而发,由感而生;全部过程充满感觉、感悟、感受、感情、感知;最终完成感性的形象与情境。这种文字便是散文。

尽管近年来我既被迫又心甘情愿地撂下小说的写作,脑袋充满"急转弯"时代的当代文化是耶非耶与何去何从的思辨,大部分写作都给了文化批评和田野工作带来的理论性的思考;但是,出于作家的天性与本能,或受心灵的驱动,仍不时随手写下一些感知的文字;或于人于事,或于书于画,于春雨秋风晨光夕照。可是待这些写过的文章刊发出来,无暇再读,一篇篇放在书案边一个竹编的方形的筐里;日久天长,渐渐积满。近日读来,却好似触摸到过去几年活生生的自己。

散文是随性的。小说往往躲不开甚至受制于自己笔下的个性既成的人物,散文却自由自在地任凭自己的性情。作家每每看重自己的散文,乃是缘于一种自我的珍惜。

我的散文不拘一格，所以在编成集子时，在目录上以段落将不同题材与体裁一边归类，一边区分。这样做为了使自己清楚自己，也使读者明白自己。

我读过不少作家的文集，从作家们的写作史上看，保留到最后的文种往往都是散文。

也就是说，感知的文字是作家生命的文字。

2013.2.16

癸巳正月初七

带血的句号

插图本《三寸金莲》序

今天我们终于可以提起笔来，为中国妇女的缠足史画一个终结的句号。因为那蹒跚地行走在中国大地上的小脚即刻就要消失了。但是别以为这个句号会画得轻松，一挥而就，就像看过一本大书那样，随手一合便是。这个句号画起来分外的凝重沉缓，艰难吃力。低头一看，原来它不是通常的墨色，而是黏稠而殷红的血！

然而，天下人对一件事情的感受可谓千差万别。前几年我在科罗拉多见到一位读过我那英译本小说《三寸金莲》的美国女子，她对我说这书写得诡谲狡黠，荒唐有趣，还对我挤挤一只眼睛，表示很欣赏这种奇趣。一个作家碰到了一位误解了你，却偏偏因此对你表示好感的读者，只能笑笑而已。何况我无论如何也难以对一个美国人讲清楚小脚里边深邃的文化内容。美国人的文化太明白，甚至太直白了，而中国人的文化有时像迷宫。我写这本书纯粹是给中国人看的。可是谁又能担保将来的中国人不把三寸金莲当作"天方夜谭"？现在的年青一代不是已经认为"文革"都是不可思议的么？为此，我才说：不能叫有罪的历史轻易地走掉！

于是，我利用知识出版社提供给我的图文并茂的方式，放大我在小说《三寸金莲》中的一种意图，即用大量充分的历史细节——实物照片，复原那曾经活着的奇异的历史，再现三寸金莲那一方匪夷所思的天地，给这中国文化中最隐秘、最闭锁、最黑暗的死角以雪亮的曝光。历史的幽灵总是躲在某种遮蔽之下不肯离去，暗暗作祟；所以，当历史的一幕过去，我们应该做的是把那沉重的大幕拉开。

这一次，我幸运地遇到两位朋友，帮助我完成了这一想法。

一位是身居台湾的柯基生先生。数年前他曾自台北打电话到我家中，自报家门，声称在金莲文物方面的收藏，天下虽大，无出其右。他的声调朗朗，颇含自负，我却半信半疑。这因为我识得几位金莲文物的藏家，他们个个跑遍大江南北，藏品却很有限。金莲曾是女人的一个私密，她们大多做得秘不示人。这对于身在台湾的藏家就更加困难。转年我赴台湾做文化交流，柯基生先生闻讯与夫人一并到我下榻的来来大酒店看我。此时方知他是一位年轻干练而成就卓著的外科医师，掌管台北县的广川医院。他带来一些收藏品的照片给我看，一看便被惊呆。且不说中国各地各式金莲无所不包，还有大量相关的饰品、器物、用具、文献，等等。包括洗脚用的莲花盆、缠足幼女的便器、缠足凳和熨鞋的熨斗……洋洋大观地展开了金莲文化的浩瀚与森严。而民国初年大兴放足的时代，山西省介休县"不娶缠足妇女会"的一枚徽章，则把他收藏中用心之良苦令人钦服地表现出来。尤使我惊呆的是他居然珍藏着天津名士姚灵犀先生的大量手稿。姚灵犀先生是第一位把缠足视为历史文化的学者。民国初年由于编撰缠足史料《采菲录》等书被视为大逆不道而锒铛下狱。但有关他的身世及学术，史书从无载入，以致资料空乏。可是在柯基生的藏品间，居然还有姚灵犀先生的自传手稿，以及出狱后感想式的墨书真迹。然而，柯基生先生对于金莲绝不止于收藏兴趣，他更重于研究。他从医学包括解剖学与生理学的角度，研究缠足者特有的生理与心理，继而进入人类学、性学、社会学范畴，这是旁人不曾涉入的。我在另一本文化批评类的书《血写的句号》中，还要重点地对他这些可贵的研究进行介绍。

此次承蒙柯基生先生的友情与支持，将其所藏缠足文物三千余件，选精择要，摄得照片百余帧，合并我个人的一些"金莲文化"的藏品照片，一并放在书中，相信这些历史的真实写照会给读者深刻印象，亦使本书内涵得以深度地开拓。

另一位朋友则是《大众日报》的摄影记者李楠先生。他近十年的摄影生涯中，始终没忘了把镜头对准"最后一代小脚女人"。特别是他对山东滨州缠足妇女李吉英一生最后八年的追踪拍摄，则是把妇女缠足史凄凉的尾声定格了。他给我们看到的不是历史遗留的怪异的文化躯壳，而是一种延绵千年的可怕的生活真实。这位年轻而出色的摄影家不事声张地按照自己的思考工作多年，我却从中看到他的历史洞察力、文化敏感与人道精神，并为此深深感动。他的作品正是我的小说一种历史内涵的延伸。所以，我请他提供数帧珍贵照片，连同我为他写的一篇文章《为大地上的一段历史送终》，一并放在书尾，以使读者的思维视野一直贯通到今日。

我这两位朋友的所作所为，其实都是在为金莲画一个句号。然而，往往一个事件能够用句号来终结，一种文化却很难用句号去终止。因而本书对图片的选取都鲜明地来自一种历史观：历史永远参照现实。

在我发表的小说中，大概以《三寸金莲》争议最为激烈。记得小说在《收获》问世后，即刻之间，或褒或贬，蜂拥而至。当时，上海一家刊物要我提供有关读者反应的信件。我便摘选了十四封寄去，清一色全都是痛斥和责骂我的。可是不久这家刊物又把这些读者的信件退还给我，没有发表，说是为了保护我的形象。这番好意令我啼笑皆非。其实作家的形象无须保护。作家向来存在于褒贬之间。因为作家总是在新旧事物的交替中发现与选择。姚灵犀先生不是为此还蒙受了牢狱之灾吗？存在于现实的是一种生活，销匿于历史的便是一种文化。作为生活，可以赞成或拒绝；作为文化研究对象，则不能有任何禁区。姚灵犀先生正是在这两者之间，在那新旧世界的生死搏斗中，抢先地把金莲视作文化，自然也就逃不出历史的误会和悲剧性的遭遇了。正是这样，时过境迁，如今人们对我的《三寸金莲》，比起十年前则宽容得多了，并渐渐能悟出我埋藏其中的某些深意。

三寸金莲，是封建文化这棵千年大树结下的一种光怪陆离的果实。尽管这果实已经枯萎和凋落，但大树未绝，就一定会顽强地生出新的果实来。历史的幽灵总在更换新装，好重新露面。"文革"不是这棵大树继而生出的一个更狰狞的果实吗?

自然,《三寸金莲》所写的绝不止于三寸金莲了。可惜知我者寥寥,此书出版后,被评论家列为"历史小说",或列为"传奇小说",或列为"津味小说",其实全是胡扯。由此可见评论界诠释作品能力之有限。我的一位文友楚庄先生曾送我一首小诗,曰:

> 稗海钩沉君亦难,正经一本传金莲。
> 百年史事惊回首,缠放放缠缠放缠。

读了这诗,我一时差点落下泪水。我曾谓:知我者楚庄也。然而我深信随着社会进步,将来必定会有更多的知我者。写到这里,忽然不着边际地想到那两句无人不晓的古诗:

> 莫愁前路无知己,天下谁人不识君。

在这里,识者,非作认识解,此乃认知是也。
至此,我在小说方面关乎金莲的事,就算全做完了。

2002 年元月于津门

历史永远是活着的

《一百个人的十年》新版再记

一

这部写作于二十世纪八九十年代的"文革"经历者的心灵实录，至今在海内外已出版十余版。我曾几次专写序语，表达当时的心绪；其中一句话不断地说，便是——"文革"作为中国当代史上最沉重的一页，切莫轻易地翻过！

我这么说，是因为直到今天我们还没有读懂"文革"。没读懂的并非什么"内幕"，而是内涵。这个内涵不单在书里，而是在我们身上。所以我曾经写过一篇文章题目叫作：

"文革"进入了我们的血液。

没有清除的毒素最后一定会进入血液。

我一直在思考着两个问题：

一、为什么人性的弱点，如人的自私、贪欲、怯弱、妒忌、虚荣等被"文革"利用；人性的优点，如忠诚、勇敢、纯朴、无私、诚实也成为"文革"推波助澜的动力？在人性的两极都被"文革"利用的同时，那些真正属于人性的人道、人权、人的尊严、人的价值等所有人的最高贵的成分，都受到"文革"的公开的践踏？

二、为什么"文革"中所有被伤害的人和伤害他人的人都是"文革"的牺牲品？谁也逃不出"文革"？

我们必须反省的，不只是政治的、体制的，还有历史的、文化的、人性和国民性的。

历史在没有清晰和透彻的答案之前，能说真正掀开全新的一页吗？

我的历史观首先是历史是活着的。历史不仅存在于文献或史书中，在博物馆内，在一天天远去而逐渐模糊的岁月里，也存在于我们的观念、话语、行为、习惯和下意识中，不被我们察觉。比如"文革"的否定一切、怀疑一切、斗争哲学、破坏欲、非理性的盲从、躁狂症、反文化及反文明，在当今充满利益博弈和网络化的时代，不是依然在被表现、演绎和"传承"着吗？不是叫我们忽然感觉似曾相识，甚至还会被我们自己不经意地表现出来？

不管什么样的历史，只要正面和诚实地去面对，本质地去追求，科学地去认识，负面的历史就会成为未来有益的告诫，成为我们自信的根基中不可或缺的一部分。反过来，如果我们没有捉住历史的幽灵，它便会无形地潜在我们的血液里，在现实中时不时变相地发作。

不能叫它再加害我们，这便是本书再版时的祈望。

二

　　我最初设定的口述对象确定为一百个人；是具体的数字，并不是一种概数。

　　当时，我通过报纸表示，我要为普通的"文革"经历者记录他们的心灵史，并表示要在发表时隐去这些人的姓名以及相关的人名地名。当时"文革"崩溃不到十年，种种恩怨犹在，人们心有余悸，我要保护这些向我倾吐心声的普通百姓。

　　开头几个月里，我收到响应者的信件四千余封，电话无数，我感觉我像掘开一个堤坝那样，一种来自社会的心灵之潮凶猛澎湃；我感受到"文革"劫难的深切与巨大，以及一代人压抑之强烈与沉重。口述时，我倾听到那么多陌生人——形形色色、匪夷所思的命运悲剧主人公的心灵述说，促使我的思考不断地触到这个悲剧时代的本质。因此，我要用这部书记录那个时代的真实。人的真实才是时代的真实。

　　我忠实地记录下一个个亲历者心灵的声音，并依照我的承诺在发表和出版时，隐去他们的姓名与相关的地名，以及会使他们"暴露"出来的细节。尽管我做得已经够严密了，却没料到——由于书中体现的环境氛围和口述者的语气太逼真，最终还是被一些与口述者相关的人觉察出来。口述者的苦难常常是一种绝对的隐私，一旦变成公开化，就使他们身陷纠结、困扰与次生的悲剧中；

这使我深深愧疚，甚至有负罪感。

这种事接二连三出现，迫使我中断写作，在再版时删去这类篇章。于是，本书的"一百"的词义，也由数字变为概数。

三

忏悔，是我在口述过程中一直期待的。因为我在长长一段时间的口述过程中全是受难者，没有遇到一名忏悔者。这使我心怀忧虑。"文革"中无以计数的悲剧，怎么没有一个忏悔者出现？那些在"文革"中作恶的人真能活得那么若无其事，没有复苏的良知折磨他们？忏悔不只是觉悟，更是觉醒，良心和良知的觉醒。我说过没有忏悔的民族是没有希望的。因为一个真正健康和文明的社会需要广泛的良知。

我一直等待一位勇敢的忏悔者的出现。

去年春寒时候，我在巴黎圣母院内，面对侧面一排古老的忏悔室伫立良久，默然反思着这件事。回来我在《西欧思想游记》中写道："我们的'文革'要从里走出来就好了，整个社会就会干净多了。"有幸的是，回国不久我便从媒体中看到几个"文革"忏悔者的赫然出现。也许这几个人曾是威震一时的"文革"名人，也许它又触动了那个至今未有结痂的历史伤口，从而激起了来自当事的"文革"受难者最直接的谴责。这谴责穿过近四十年的时光隧道，听来仍觉心灵震颤。

在"文革"已成为历史的今天，有人能站出来忏悔应不是虚伪的。人近晚年，负罪在身，于心难安，公开道歉，表明了良知依存。当然，忏悔不能洗清一切。对于受难者来说，更无法构成安慰。这件事再一次证明了"文革"是什么，"文革"给人留下什么。

黑暗本身是变不成光明的。我们从悲剧的历史中能获取的只有真正的认知，警戒今天，告诫未来。

历史永远是活着的。历史有些顽疾只有不断吃药才不会发作。

2014.4.19

带着笔旅行

《离我太远了》序

我旅行时必带着两样东西：书与笔。

书不仅仅是旅游手册和指南，还有一些是与所去的地方相关的历史与文化的经典；比方去希腊和埃及，就带着西拉姆的《神祇·坟墓·学者》，去圣彼得堡就带着果戈理的那本《彼得堡的故事》，在旅店里倚着床板读一读流光溢彩的《涅瓦大街》。

至于笔，可不是手里的笔，而是心里的笔。作家是用文字思考生活和记录感受，这些文字常常会从心里冒出；但我的问题是，心里的未必都搬到纸上来。

或者由于忙，由于被什么忽然插进来的急事推到一边，或者由于一时的懈怠，许多旅行中十分强烈的感知被搁置了，而后渐渐失去了当初的新鲜，像烟影一样地隐没在心里。唉，没有写在纸上的东西真是太多了！

因此，我才特别珍惜本书这些"写下来"的旅行的手札。在写作中随行随记的文字是游记，这种写作总是充满了见识生活见识世界的惊奇与欢欣，发现美的快感，还是一时的灵性。然而，每当我将这些风物与人文、这些美再翻看一遍时，我发现它们离我太远了。

于是，我决定用一本书的方式，将它们收集起来装进去。为了一种惋惜一种挽留，为了可以时时重温它们，也为了与读者共享。

是为记焉。

2013.8.1

带简谱的序

《浪漫的灵魂》序

　　九三年新春，奥地利政府艺术部邀请我去访问时，曾表示希望我写一本小书，向中国读者介绍奥地利的文化。此前，我在这个位于欧洲腹地的音乐之国做过一次行程漫长的旅行，那次旅行使我对奥地利独有的文化形态和文化精神十分迷恋——那真是一个很容易进去却很难走出来的美的迷宫！因此我欣然答应下来。并在奥期间，着意于耳听目察，心领神会，思谋着如何抓住这文化美丽的魂。所有写小说的人都和我一样，由于写惯了人，面对任何事物都会去寻找那深在而奇妙的灵魂。

　　在维也纳市中心的现代艺术博物馆里，我看到十九世纪名噪一时的奥地利毕德迈耶风俗画派的代表作《美酒、女人和歌》。在这幅描写葡萄丰收时节农家欢庆情景的画面上，热情飞动的笔触，鲜亮轻快的色彩，还有漂亮的女人、纵声歌唱和杯中葡萄酒紫色的光，构成了惟奥地利才有的醉人的一种、一种……什么呢？这不正是我在寻找的奥地利精神吗？一种把美视为至高无上的精神，把音乐和歌唱当作心灵方式的民族，时时把整个身心放在美酒中放松一下的奇异的国度。我一下子决定了我这本即将落笔的小书的主题：美酒、女人和歌。

世上的好事多半是碰巧的。此后在北京一次土耳其大使馆举办的国庆招待会上，遇到了曾经做过中国驻奥使馆的杨成绪大使。我曾在维也纳与他相识，这是一位才子型的大使，对艺术挚爱又内行。我告诉他关于"美酒、女人和歌"的写作想法，没想到十天后收到一个邮包，竟是这位才子大使寄来的一张激光唱片，曲名居然也是《美酒、女人和歌》，作曲家是奥地利人心灵永远的国王——约翰·施特劳斯。我不曾听过这支曲子。然而，从一幅名画到一支名曲都是这样一个完全相同的主题内容，使得我的写作如同得到神明的认可那样自信不疑。

我几乎是在这支曲子的旋律中一口气写到本书最后一个句号。

在极轻的音乐中写作是我的习惯。但我从未经验过如此美妙的感受：那音乐的精灵如同钻进了我的笔管——手中的笔不再听从我的驾驭，而是任由音乐驱使，时而风驰电掣、恣肆狂奔，时而信马由缰、放蹄千里……接着我的心也仿佛听凭音乐支配并随之翩翩起舞了。我忽有所悟，一个音乐之国的灵魂是浪漫的。感悟是一种依靠灵性的升华。我终于为奥地利文化的精神，也为我这本小书的题目，找到了贴切的字眼儿，便是：浪漫的灵魂。

音乐家的灵魂是五线谱上的那些音符，五线谱则是天国的彩虹，他们的灵魂在缤纷的天国徜徉或跳跃；作家的灵魂是文字，稿纸上的方格则是一张张座椅，作家的灵魂追求是把自己安置得准确无误。

我有时渴望像音乐家那样在五线谱上写作。所以我说这篇序文是"简谱上的序"。这序中的话仅仅表达了我的一种愿望，书中的文字才充满我这样的梦想。

最后要说明，在这本小书的末尾部分，我有意收入几篇关于意大利、埃及和日本的文化与艺术的文章。一是由于它们的文化在本质上与奥地利完全相同——美，即人的精神上的浪漫；二是由于它们的文化在形态与意义上又与奥地利全然不同。惟有不同，才能比较和突出每一种美的特质与价值，才能共同构成人类宽阔宏大的文化空间与美的空间。

序宜短，即住笔。

1996.11.22 于天津

时空交错的旅行

《倾听俄罗斯》序

　　那种回过身进入过去时光的奇妙的感觉是作家想象出来的。我国的蒲松龄和美国的霍桑都写过这样的小说。这只是一种想象而非现实。但后来科学家说，如果人的飞行速度超越光速，有可能看到留在光里的昨日的景象。现代科学的想象力愈来愈超过作家的想象。科学家还发明出一个神奇又诱惑的词汇，叫作"时光隧道"。

　　但是时至今日，还没有人进入过时光隧道。我们依然使用传统的方式——回忆——来感受和重温往事。然而，没想到这种超时空的感受竟然出现在我的俄罗斯之行中。

　　如今从俄罗斯回来已经两个月，我仍旧不能弄清此行所感受的那种奇异、错乱与美妙。历史与现实，已知和未知，自己与对方，全都碎片状地相互无序地交错在一起。我第一次经历这样一种旅行体验：不是不断看到新的，而是常常遇到旧的。很像是重返故乡。这又很好笑！

　　一个国家的几代人，怎么会受到另一个国家如此深刻的影响？其实这影响最多不过十五年。但那时我们的一切全是"苏式"

的。从社会理想、政治制度、行政体制到行为方式，再到语言与词汇。从集体农庄、公有制、书记、集体舞、连衣裙、红领巾、革命万岁到"同志"之称，我们是全盘苏化！那时的全盘苏化比今天的西化厉害得多。因为那时的舶来品只准许苏联一个。为此，我们的文化记忆中最深刻的是托尔斯泰、肖洛霍夫、列宾、柴可夫斯基、肖斯塔科维奇、斯坦尼斯拉夫斯基、奥伊斯特拉赫、乌兰诺娃和邦达尔丘克。我们几乎被他们全方位地覆盖。幸好俄罗斯的文学艺术是世界一流的。于是，他们的文化精华亮闪闪地弥漫了我们的精神世界中。

我们与这个"兄弟般的苏联"，亲密无间过，也誓不两立过。跟着又各自走过一条全然不同和充满阵痛的过程，并一直走到今天。这一过程长达十年、二十年，那么今天我们进入的将是哪一个俄罗斯？是老俄罗斯、前苏联，还是今天的俄联邦？俄联邦是什么样的？待我走进这个国家，竟然发现它什么都有。广场上有堆满鲜花的普希金雕像，政府大楼上依然保留着苏联的国徽与党徽，街头上到处可见美国人那种红黄相间的麦当劳快餐店。它古老文化的魅力叫你感到亲切，计划经济时代遗留的刻板而冷漠的作风唤起你旧日的厌恶感，今天的市场化与西方化又使你感慨良多。我的思维从一个时代跳到另一个时代，由一个空间跳到另一个空间。没有任何一种旅行能带来如此时空的错位感及其复杂的思想情感。

我外出旅行时，总喜欢听一两盘录音带。音乐是生活最好的载体。过后只要把这音乐一放，昔日的情景便会不约自来。

我这次坐在汽车上，不断地交换地听两盘带子。一盘是从克林市的柴可夫斯基故居博物馆买的《四季》，里边所有的钢琴曲我都可以"背诵"下来。这音乐与车窗外的风景全然融为一体。还有一盘是当今俄罗斯走红的女歌手玛丽莎·道丽娜的歌曲集。其中一首《到处是你的名字》，叫我听一次感动一次。尽管她的唱法已经很流行化和西方化了，但骨子里却是俄罗斯的。这种音乐的感觉就是今天的俄罗斯。

有一次，汽车跑着跑着，忽然无线电里冒出一个非常熟悉的声音。这是歌曲《我们祖国多么辽阔广大》第一句的乐曲。俄罗斯国家电台每次开播都必须播放的，苏联时期的对华广播开播时也必播放这个声音。但在"文革"期间，听"苏联广播"是偷听敌台，判刑至少十年。

那时我家有台浅蓝色的小无线电。有时深夜里偷偷听一次"苏联广播"。尽管怕人发现，听得心惊肉跳，但在那个绝对的精神禁锢的时代，多希望听到一点异样的声音啊。一天，我单位一位"革委会"负责人到我家串门，此人极其精明。他见我有无线电，忽然伸手把开关钮拧开，把声音拧大，但不动选台钮。他是想知道我此前所听的是什么电台，是不是"偷听敌台"了。这一招阴毒至极，直叫我心跳如击鼓，因为我也不知道此前我听了什么。待声音一响，原来是样板戏《智取威虎山》。我悬在心中的石头落地，他也作罢。可是如果真的在"敌台"上呢？我一定会大祸临头。这件事叫我后怕了许多年。

俄罗斯啊，你和我有多么深刻的交识！

然而，待我静下来观察，我则从这错乱中找到了我所关心和寻求的问题。作家最关注的是未来。他要从现实发现未来的先兆，找出社会的灵魂之所在，还有这个民族的精神基因究竟是什么状况，在全球化的世界中有没有变化？如果站在这一点上看，我对俄罗斯人真是充满敬意与信心。而我把这一切都写在这本书中了。

写到这里，我忽然觉得时空位置渐渐变得清晰而有序，那便是从历史到今天，从今天到未来。

还有，我是俄罗斯正在急剧变化之中来到这里的。我真实地记下我所看到的和感受到的。我相信对于明天的俄罗斯来说，这将是一个"外国人"为他们记下的一份世纪初随感式的档案。

且为序。

2002.8

逆光里的午宴

《巴黎，艺术至上》序

　　毛磊大使是一位情调主义者。他为我们摆设的送行午宴，没有在餐厅，而是将一张不大的圆桌放在客厅的落地窗前。秋天正午的光线从长长垂落的纱帘透进来，柔和地笼罩着我们这一桌人。毛磊大使背着光线，他的发丝很亮，儒雅的面孔却很朦胧。他问我们此行法国的打算。我说，从十九世纪中期到二十世纪中期的一百年，法国是世界美术的中心，许多国家的画家在法国获得了成功，包括中国的赵无极。这对我是个谜。

　　毛磊在虚幻的光线里露出笑容。他不回答我。他知道我的答案应该由我自己去寻找。

　　然后聊起我们去年去巴黎南部卢瓦河一带旅行的印象。谈到古堡的奇观、一些传说，以及今天对它们的保护方法。

　　毛磊大使和我同样地钟爱历史建筑。曾在我送给他一大套《天津老房子》画集时，他回赠我一本精美的画册。这是他在俄罗斯做大使时，请人精心拍摄的大使馆官邸——这建筑是十七世纪的一件俄式古建筑的经典。

　　同样之所爱能使人们成为知己。

我请他们每人推荐一个这次我们最应该去的地方。戴鹤白说必须去拉雪兹公墓，巴尔扎克、莫里哀、肖邦等人都在那里；大使夫人说第一应该去圣贤祠，去了圣贤祠就了解了法国；博安说不要总待在巴黎，应该去南部地中海边上看看；毛磊却说诺曼底地区与卢昂很美。我笑了，我说莫奈画过不同光线照耀下的卢昂大教堂。

我相信朋友们的介绍，那些地方肯定美丽又非凡。后来这些地方我们全去了，并把对这些地方震惊的感觉全写在这本书中。

在朦胧的光线中吃东西富于诗情。朦胧使事物之间色彩与轮廓相互融合，中和的气息令人适然。没有黑白分明，没有咄咄逼人，最耀眼的便是镀银餐具偶尔一闪，好像晨雾中飞翔的海鸥的翅膀。

大使夫人很细心。她向我妻子顾同昭一样样交代怎么乘地铁，参观博物馆的最佳时间，如何去外省，等等；然后把她家的地址、电话和三个孩子可爱的名字写在纸上。她说，你们可以请他们帮助，他们都会说一点中国话。

我说："这简直是送家里的人出远门了。"

都笑起来。笑最容易把人连在一起。

告别毛磊他们之后，我问同昭，今天午餐我们吃的什么？她想了想，一笑。她说："好像没吃东西。"

心中记住的只是逆光中那融融的感觉，并不知不觉一直记到今天——这大概因为我太喜欢一件事开始时先有一种很美的感觉了。一种既是内心的又是可视的感觉。

　　此外我要说，我写这本书原是在赴法前就心怀的一个打算。我想弄明白法国的文化环境。切入点是我与毛磊交谈中所说的那个"心中的谜"——我很想搞清楚为什么那么多异国的画家都在法国获得成功。故此我们在法国的版图上来回奔波。比方为了考察梵·高，我们从巴黎的奥维尔跑到南部的阿尔，再一直北上到梵·高的故乡荷兰。我们先后两次跑到法国，最终——我相信我找到了法国所拥有的一种人文精神——它就是精神至上！开始我把本书题目确定为《巴黎，精神至上》。后来，我想这题目有些直白。更美和更恰当的题目应该是《巴黎，艺术至上》。

　　写到此处，我忽然感觉，现在我的读者很想翻开书了，我一抬手腕，就此住笔。

2001.8.20

"钻进你们的肚皮！"

《乐神的摇篮：萨尔茨堡手记》序

在维也纳戒指路上的蓝特曼咖啡店刚刚坐下，马万里就把萨尔茨堡州的州长艾瑟尔的一封邀请信交给我。他说，州长先生非常希望我写一本关于萨尔茨堡的书，给我的中国读者看。他盛情约我和我的妻子去到萨尔茨堡住上一阵子。

艾瑟尔州长和马万里对中国都可谓情有独钟。马万里在奥地利驻华使馆做了多年的商务参赞，他妻子是典型的东方女子，曾在北京一家电视台做节目主持人；有趣的是，他家里毫无奥地利的色彩，到处都是来自中国的古陶、漆器、青花瓷和老家具。我对他开玩笑：你这样做是不是怕妻子想家跑回去？艾瑟尔对中国简直有点入迷。他想把萨尔茨堡和中国什么地方像两条彩带那样扎成一个蝴蝶结。他朝夕不能忘却的是，在萨尔茨堡与海南之间开通一条航道——让往来更快捷更直接。

美好的情意最能驱动写作人的笔。

我很喜欢蓝特曼咖啡店的氛围，尤其是伸到街面上那一片露天的座位。坐在这儿，视野开阔，画一般展开的是古老又考究的皇家建筑、浓密的树木与繁盛的花；来来往往的汽车中，不时会有载着观光游客的老式马车嗒嗒有声地缓缓走过。现代的速度与历史的速度和谐地交织在一起。特别是一些黑嘴小鸟，会毫无惧色地落到桌前，啄食桌面上甜点的碎渣。于是，在谈话中，常常会有一只鸟从眼前刷地飞过。世界上哪里还有这样美妙的咖啡店，尤其在市中心？

我对马万里说："我去过两次萨尔茨堡，非常喜欢那个地方，很愿意为它——也为我的读者写一本书。但我不会写旅游性和介绍性的书，我写的是文学。因此我有两个要求。一是需要看资料，一是要见一些人。"

"什么样的人？哪些人？"马万里问。

"各种各样的人。比方研究莫扎特的专家、博物馆员、历史学者、市民、工匠、乡下的百姓、收藏家，最好有一位民俗专家——萨尔茨堡通。对了，还有大主教，萨尔茨堡曾经是大主教说了算。大主教是非见不可的！"

"为什么要见这么多人？"

"为了钻进你们的肚皮！"我说。我笑了。

马万里的表情略显困惑。坐在我身边的中国使馆的文化参赞孙书柱却微笑点头。他是一位诗人，深知作家只有抓住人才抓住生活的魂。

马万里主持的萨尔茨堡州中国事务办公厅是一个工作效率极高的部门。他们不仅尽力满足我的一切要求，还真的为我找到了缤纷多彩的各色人物。从莫扎特糖球的发明人到地方史专家，从音乐学院院长到海拔两千米以上雪山上的山民，从闻名世界的木偶大师到至少有六个世纪历史的铁艺的传人……连陪同我的一位萨尔茨堡朋友都说，他也没见过这些奇特又有趣的人物。然而正是由于与这些方方面面人物的结识，才钻进了他们的"肚皮"，触摸到这块非凡的土地中最重要的东西了。

萨尔茨堡，无论是城市还是辽阔的山野与乡间，都拥有着绝世之美。但作家的工作远非欣赏美与描述美，而是寻找内在的个性和魂灵，使读者与其神交。

为此，在我离开萨尔茨堡返回维也纳之时，身上带着一本密密麻麻写满蝇头小字的"笔记"，三十多公斤的资料和至少八百张照片。读者一定会奇怪我为什么做出如此之大的付出！

根由很简单：我希望我的努力能够满足我的读者，也不辜负这座世界的文化名城——这个乐神莫扎特伟大又奇妙的摇篮！

2003.8.1

《意大利读画记》前记

有时写作来自于一种机缘。

今年入秋时候不期而遇——10月之初，先是受邀飞往遥远的希腊雅典去参加"中欧文明对话"；到了10月底，应好友韩美林之约，去一趟意大利的水城威尼斯，出席他在那里举办艺术大展的开幕式。这突如其来的两次出行，使我来了灵感。古希腊是西方文明的源头，意大利是复兴古希腊罗马文明的圣地，伟大的人文主义精神"日出"的地方。何不借机用这个机缘，去活生生体验与感知一下那个使人类永恒骄傲的历史，并向历史提一点问题？

于是，我确定好一条路线，在威尼斯活动之后，立即南下，围着亚平宁半岛的中北部绕上一圈。将那些曾经被文艺复兴的光辉照亮的地方一个个跑下来。我要看那些古城，我知道意大利人是自己历史的知音，他们敬畏历史，珍惜历史的每一个细节。当然，我还有一个重点是看艺术——建筑、雕塑、画，特别是画。

画家看画看画上边的东西，作家看画看画后边的东西。其实画后边的东西不是看出来的，是读出来的。所以这本小书的名称是"读画记"。

我想知道画后边的画家和艺术史，雕塑里边藏着的思想，古城中依然活着的生命和灵魂，更想知道"复兴"真正的目的是什么？它史无前例地到达怎样的高度，它给后世留下什么？它靠哪些非凡的大师实现这个复兴？复兴仅仅是重现昔日的辉煌吗？当然，我还会情不自禁地用别人比较一下我们自己。因为比较是一种获得思想的方法。

尽管我有那么多思考，我还是珍惜此行中种种神奇又美妙的感知。所以在写作上，我没有选择思想随笔，而是采用了游记的笔法。因为，游记适合这种不期而遇的写作。行旅之间，有感而发，兴之所至，随手写下，而这种写作一定带着许多惊奇的发现和活脱脱的心灵感受，就像一本"艳遇"的日记。

其实，此前我两次来过意大利，当时都有很强烈的写作冲动，回来后也写过几篇短文，可是回来后被什么横着插进来的事"拦截"了。记得我曾经很想写一写在庞贝废墟里的思考，在锡耶纳那条古街上深刻的感触，等等等等，可是，只要没有写下来就什么也没有。游记是无法事后再写的，它是一种即兴的写作。

这一次我非写不可了。其中，还有一个私人化的缘故——今年是我的金婚之年。妻子是我此行的同伴，我想以此书作为一种金婚的纪念。对于写作的人，这可能是最好的一种纪念，尽管我在此书中没写下任何与金婚有关的细节与文字。我之所以在这里把自己这"隐私"说出来，是想表明我对此次旅行所付出的心力。作家大多是情感用事的，即便思想也蕴含着情感，是一种情感化的精神表达吧。

　　我这是第三次来到意大利。前两次写过几篇有关意大利文化的手记，由于内容上与这次的"读画记"相关，故附录在后，以便彼此呼应。

　　是为序焉。

2016.11.16 动笔

2017.1.31 定稿

对写作人的几种称谓

《中国当代才子书·冯骥才卷》序

　　有人问我，你到底喜欢作家这个称谓，还是更喜欢被称作知识分子？我说我喜欢另一个概念：文化人。

　　如果从一个写作人的思想视野来看，知识分子比作家更宽阔。作家这个概念过于具体、狭窄和专业化。古代中国没有专职作家，这一称谓亦罕被使用。按中国的习惯，凡舞文弄墨者，统称作文人。这来由，大概缘于中国文化尚综合而不尚分解。诗文书画没有分工，触类旁通理所当然。最多是某某某长于丹青，或者某某某工于诗文而已。于是文人的书斋内，琴棋书画，融而不分。逸兴勃发遂成画，妙语陡生便是诗。这是文人的乐趣，也是文人的方式。所谓文人的方式是各种各样一应俱全的方式，无论达意传情，或诗文或翰墨或丹青或琴瑟管箫，哪个适用则用哪个；信手拈来，随心所欲，一任抒泄。文人的方式真是万应又万能的。

　　然近世中国文化受西方影响可谓至深矣！由表面的进口名词泛滥成灾，到凡事效法西方为荣，再到文房内依照西方那样分工。于是，作家、画家、书法家、诗人、琴手等分道扬镳，隔行如隔山。作家成了单纯的写家，书桌成了生产性的车床，写作自然也是一种枯燥单一的文字操作了。

　　文人的方式虽好，但文人这称谓却已经老朽过时。任何名词都浸入它曾经被使用时的历史内涵。文人作为封建时代的一种称谓，自然沾染着附庸色彩，使我们一想到"文人"二字，便感到那种缺乏独立思考与人格立场的昔时文人。可是，与此相对，知识分子的概念又被近代强调得太富于现实感，太强烈的忧患意识，太使命化。尤其在西方，只有那些知识界中站在时代前沿、具有鲜明批判精神并在学术中卓有建树者，才有权力享用知识分子这一称谓。尽管我们完全可以从自我立场出发去重新解释一个名词，但无法改变这个名词在特定历史的运用过程中，已经注入的一种特定的意义。特定是一种限定，接受了一种称谓，就接受了一种限定。对于我来说，有时我也尽享文人的方式，亦文亦诗，亦书亦画；有时我也责任难却地在未来与今天或者历史与今天的交界处思辨和选择。但是说到对写作人的称谓，我则喜欢更深广、更具底蕴、更少各种限定的文化人这个称谓。文化人这一称谓无论对作家、文人、知识分子这些概念都不对抗，只有包容。

　　写到此处，仍不清楚我为何要在书前写这些话，却清楚非写这些话不可罢了。

　　　　　　　　　　　　　　　　　1996.11.5 于天津

我的散文书架

《冯骥才散文新编》总序

　　我将这"散文新编"的选题称之为一种"散文书架",然后放上我为此精选的五本散文小书。

　　在我的文字生涯中,小说写作之外,便是散文。其实这也很自然,我们日常随手写下的文字:随感、随笔、笔记、日记、手札,不都是散文吗? 小说是虚构出来的,是无中生有,要是说得"伟大"一些,是一种艺术创造;散文则是有感而发,信手拈来,要是说得"高贵"一些,是一种心灵实录。小说看重文本,它表现作家的本领;散文则更重人本,它直接显示作家本人的气质。这么一说,散文更难了吗?

　　要说难,还是难在散文的历史上。中国是散文的大国。唐宋时期的小说还处在故事传奇阶段,散文已是大师巨匠如巨峰林立,名篇杰作似满天星斗。这可能与那时候崇文有关。那时连选取官员都要看文章写得优劣。不像近现代,没什么文化也能做官,甚至还可以做大官。从文学史的另一方面说,诗歌的成熟又在散文的前边,散文辄必受诗歌的影响,讲究方块字的使用,甚至追求一点诗性了。这么一说,在中国写散文就更不易了。中国人太懂得散文，一读就知道文笔如何。我不知深浅，即兴操笔，涂抹为快，一路下来竟写了这么多散文，数一数，长长短短总有几百篇，幸好人文社这套书要求的字数不多，可以尽量去粗取精。

编撰这种散文集在分类上有两种方式：一是由体裁分，一是从题材分。我采用后一种，这是因为我的体裁太杂，样式迥异，长短随性，由题材划分便易于理出头绪，因成抒情、人物、游记、艺术、田野五卷。抒情卷多是感物伤时，人物卷为怀念故人，游记卷是异域情怀，艺术卷乃艺术感悟，田野卷是我这些年来文化抢救时，在大地深处的文化见识以及种种忧思。编选之时尽力"矬子中拔将军"，将心中尚觉有点味道的东西奉献给读者，同时也是将自己小说外的写作，做一次总结与筛选吧。是为序焉。

2016.7.4

我怕句号

《冯骥才名篇文库》序

编集这套书之前，我面临一个选择：

要不编一大套全本和足本的文集，要不编一小套这样经过再三斟酌而精选的版本。

据说出版文集是作家的一种规格，一种档次，一种成就的标志。文集似与文豪相配。鸿篇巨制，洋洋大观，累累硕果，岂不壮哉！然我于今正值创作年华，心中矿藏，大多尚未开采出来。倘若文集编就，日后再写出一本本，如何补续？文集似有终结的意味，我就怕句号。再说，自执笔写作以来，稚嫩者有之，谬误者，急就而粗糙者有之；文集则必求大求全，怎好叫读者花大价钱买那种良莠相杂的一揽子的文字产品？于是，放弃了文集，而选择了这样一种小型的精选本。即从多年来所写的数百万字中，严加审视，抽出这些自以为拿得出手的文章，也是很想请新一代读者读一读的篇目。这便精摘妙取，心安理得，编集起来也是一种乐趣了。

近年来，尤好丹青，常以绘事为要，所写文章有限，即便写一些，也很少收入本套书中。因为这套书都是前一阶段的春芽夏花，接下去还要做些艳美秋叶与冰雪冬枝呢，将来续编便是。

再有，就是要感谢江苏文艺出版社。他们原本要为我出一套大部头的文集，当知道我的想法，不但依了我，还分外卖力气地精工细制。写书的人都知道，一旦从出版家那里得到理解和支持，乃莫大之福也。是为序。

1995.5 于天津三乐斋

《冯骥才分类文集》序

人的一生，除非逢到重大转折，难得对自己做一番审视与检讨。然而作家是一个例外。因为每编一次自己的集子，都要回过头去，仔细看看一路走来的足痕：哪一步坚实，哪一步飘浮，哪一步直对遥远的目标，哪一步徘徊踌躇，甚至陷入到歧路中去。

文学是作家灵魂征程的真实呈现。不仅思想的闪光、发现、进取以及收获尽现其间，一切失误、缺憾、局限、怯弱及至一时的卑下，也绽露无遗。如果谁用文字欺弄读者，这欺诈的行为便无不赤裸裸地记录在自己的白纸黑字之中。

文集是作家的一部完整的作品史。作品史也是作家的生命史。

那么我应该给读者怎样一部生命史？是经过剪裁、优选而净化和美化的自己，还是原封不动地捧出一个本真的自己？

我选择了后者。哪怕其中掺杂着某些羞于再见读者的篇章。文集的意义有两个：一是作品，一是作家。作家写作时，在创造作品的同时，也创造了自己；在刻画各种人物性格气质的同时，也刻画出作家本人。那么读者要看的不仅仅是作品，还有一个重要的内容，就是有缺点有过失又真实的活生生的作家，立体而多重的作家。这包括他的信仰追求、思想轨迹、审美向往和人格操守，以及其中的优劣、成败和得失。至于一些没有上述含义的轻浅文字，以及早期与人合作的作品，自然摒除在文集之外。

自我 1978 年发表文学作品以来，至今倏然已整整二十七年矣。这也是此次汇编文集时才发现的。一时我竟不信自己在文学中走了如此长长的路。在我们这个太多曲折的时代里，笔端留下的痕迹难免颇多转折；在我们这个新旧撞击、充满创造的社会里，文学也鼓胀着不断更新的活力。不管我们这时代的文学留下多少缺憾，只要有一样关键东西不缺即可，那就是：作家忠于文学，文学忠于生活，也忠于自己的思想信仰。文学要为后人留下我们这个时代的精神图画。我的文学观是：文学是一个时代最深刻的文化。

至于本书在编辑原则上则偏重于"分类"。由于无论在题材还是体裁上，我皆涉猎广泛。为了不使读者陷入我博杂而纷纭的创作天地中，故将作品分类分卷。有的按体裁分类，如小说、随笔、散文、纪实文学、理论等；有的从题材上区别，如文化、艺术、金莲、"文革"、域外、敦煌等。编目的排列注重各篇之间内在的关系，不去依从作品发表年代的先后。文集不是全集，首要的是要使读者便于阅读作品和了解自己。这也是此版文集选择插图本的本意。另一方面，由于没有按照作品发表前后的顺序排列，读者无从了解作者的精神脉络，故将"作品年表"和"大事记""作品（集）目录""画展一览"等附在书后，以备查阅。也许这样可以弥补分类编辑之不足。

由于我本人亦文亦画，并坚信将我的文字与绘画合在一起才是一个完整的我，故在此版文集中，放入一些代表性的画作，这样自然也就构成了本文集的一个重要的特色。

本集凡十六卷，文章千篇，图片千帧，四百余万字，可谓一件浩繁的事情。为了本书出版，中州古籍出版社和我工作室的诸位朋友，尽心尽力，用时一年，完成此书。在编选、勘误、校对、设计、出版上无不至精至美。也帮助我对步入文坛后的全部历程做一次彻底的清理与回顾。为此，我要对这些默默而用心帮助我的朋友们表示深深的谢意。

而下一步则是更深入的自我的思辨与诘问。

一部文集对作家本人来说，不会增加太多分量，因为这些作品都是昔时的收获；它真正的价值是使自己从中得到自省、启示与激励。因为清澈的明天都是从昨日缭乱的梦中醒来的。

2005.1

用一部书总结自己

《冯骥才》总序

如果你一生一直去掏自己的心，拿它写出一篇篇文章一本本书来，最后你以为把自己掏空了，可你会发现——你的一切都跑到你的书里，你的书就是你。

我甲子之年写了一首《笔墨歌》，歌曰：

> 笔墨伴我一甲子，谁言劳心又劳神，
>
> 墨自含情亦含爱，笔乃有骨也有魂；
>
> 如烟世事笔下挽，似水时光墨中存，
>
> 我书我画我文章，笔墨处处皆我人。

那时，我就想编一部自己的书，不是一般意义的文集，而是通过编这部书梳理和总结自己，用这部书体现自己。但如果那时我动手编了，今天一定后悔，因为我自甲子之后才启动了全国民间文化遗产和古村落的抢救，并口诛笔伐与反文化的时弊作战，为此写下近百万字的激扬文字。没有这十多年来充满磨砺的人生，就没有完成一个更全面和完整的自己。于是，今天可以编这样一部书了，虽然我仍然没有辍笔，却很想梳理和总结一下自己了。

是不是人到了我现在这个年龄，都特别想看明白自己？

大前年，我七十岁整，是岁我在北京画院举办了一个特立独行的展览，题目叫作"四驾马车"，将我在文学、绘画、文化遗产保护与教育四个领域的所作所为，以成果的方式一并展示出来。同时出版了一部大型图集《生命经纬》，用一千余张图片，见证我近一生在四个领域所倾尽的心力。然而，我还不满足，还需要以文字为主的书籍方式对自己再做整理与总结。因为，我的第一表达方式是文字。我相信，只有文字才是最深刻的，只有文字可以精确地刻画思想，只有自己的文字才是自己生命的文献。

所以，这部书主要是用自己所写的文字，表达我在文学、文化遗产保护、绘画及教育各个领域的思考、感受、发现、想象、价值观，以及思想立场；自然还有各种体裁各类文本的文学创作。在绘画方面，由于不能用文字代言，则专用一卷，让绘画自己说明自己。

几十年里，我一直在几个领域齐头并进。虽然某一时期——数月或数年，我生命的重心看似驻足于某个领域内，然而我却从来没有淡漠了对其他领域的关注与情怀。当一个人具备某一种艺术的素质，就会对于事物的这方面多一份敏感。比如绘画的人对色彩、光线和形象的敏感；比如写作的人对于个性细节、思想与心灵的敏感。他身上好像有这方面信息的接受系统，有意和无意之间都在工作，与写与不写、画或不画无关；笔不在写心在写，笔不在画心在画。只要写作和绘画不是职业，就不会中断。为此，我一直在这几个领域来回穿梭，有时是刻意的，有时是随性的。然而，只有这样才是我自己——充分和真实的自己。

于是，编纂这部书对于自己，就有两种意义：一是梳理，一是总结。所谓梳理，是将自己几个领域千头万绪的工作分开，理出时序与脉络，分清类别。所谓总结，则是在梳理的过程中，对自己的所写所画与所作所为进行再思考。人无法改变昨天，但可以决定明天。我前边还有不短的路，需要走得更清醒更自觉。

依照上边的想法，采用分卷方式来划清我的几个不同的领域。

首先是分作上下两部，上部诗文书画，下部文化保护；前者为个人创作，后者为社会事业。上部三卷，两卷文学作品，一卷书画作品及其理论文字。下部三卷，分别为近二十年在城市文化保护、民间文化抢救和传统村落保护方面的言论、文章、行动，以及大量的田野记录与田野散文。至于我在教育上的所思所为，未设专卷。今年是我的学院建院十周年，我将另行编写一部图文集进行整理和总结。

我在自己的几个领域所写的文字数量都很大，本书只能择精摘要，不敢以卷帙浩繁，有劳读者。由于不同领域的工作各有特点，故各卷的分类方式互不相同，具体的构想与方法都写在各卷的《分卷序》中了。

尚须说明的是，我一向重视图像的见证价值，甚至认为"珍贵的照片"等同于文献。故而，将我人生、经历、事件、创作等各方面重要的照片，分别系列地插入各卷之中；不是作为插图，而是作为本书一部分不可或缺的内容。

我天性是个爱好与涉猎广泛、关切多多的人，这就给我总结自己时带来很大麻烦。我常常羡慕那种单纯的作家或画家，活得简明纯粹，还可以用一生力气去挖一口深井，然而我却偏偏不肯那样活着，否则我不再是我，也没有了这部书。

当我把这部书整理出来，我竟说：原来我是这样一个人！

2015.4.15

关于乡土小说

《乡土小说》序

　　常说：一方水土养一方人。

　　被养的人该如何回报？这就说到写作人了。

　　写作人的生命根植在故土中。为了生命的充实饱满，他的根须便拼命吸吮这土里的营养与水分。土硬人硬，水咸人咸。他还与这土地上的万物众生，朝夕共处，摩肩擦背，苦乐相依，渐渐不单说话的口音相同，连模样都有些相像。历史文化，耳濡目染，生活风习，鼻浸舌粘；在一块土地上活久了，甚至骨头里也透着这乡土的气息与精髓。写作人总是从自己熟悉的世界里，去寻找最实在的感受。故土的一切，自然都会化为写作人笔端淌出的文字来。

　　然而，取材自己生活的小说，不一定是乡土小说。

　　乡土小说是要有意地写出这乡土的特征、滋味和魅力来。表层是风物习俗，深处是人们的集体性格。这性格是一种"集体无意识"，是历史文化的积淀所致。写作人还要把这乡土生活和地域性格，升华到审美层面。这种着力凸显"乡土形象"的小说，才称得上乡土小说。

进而言之，乡土小说又分两种。

这区分主要表现在叙述语言上。乡土小说中的人物对话，自然都是采用地方土话和方言俚语。关键是要看写作人的叙述语言。

有一种乡土小说的叙述语言，是写作人习惯的语言。写作人在写其他小说或文章时，也用这种叙述语言。这种小说只在内容上有乡土色彩，在语言里却没有乡土因素。语言上没有乡土的自觉性，这样的乡土小说最常见。

另一种乡土小说在语言上很自觉。比如鲁迅写鲁镇所用的语言，与他写京都生活的语言，明显不一样。

这种乡土小说是把地方语言的某些特征提炼出来，刻意创造出一种有滋有味、极具乡土神色的叙述语言。在将生活语言变为叙述文体的过程中，筛去口语的粗糙，保留口语的生动、鲜活、神采与独特性，最终达到一种很高的文学品位。这种叙述语言，既不是人物对话那种生活原型的口语，又与人物的对话语言构成一个艺术整体，使小说散发出强烈的地域精神与乡土韵味。于此，老舍和赵树理都很成功。

两种乡土小说，都能再现那"一方水土"的精灵。但后一种更具创造性，文学价值则更高。

我虽为浙江人，却生长于津门。此地风习，挚爱殊深，众生性情，刻骨铭心。世上的爱，乃是包括缺欠在内全都爱，方为真爱。故此，乡土小说亦我易于动情来写的。自写作之初所作的《神灯前传》，及至最近面世的《市井人物》，皆属此类。看来我此情难断，一路还会写下来。

开端我写《神灯前传》《鹰拳》《逛娘娘宫》等小说时，尽管很痴迷于风土民情与地域性格的表现，但叙述语言乃是自己驾轻就熟的惯用的语言文体。只注意了时代性，却没有乡土内涵。这种语言，虽然也能描绘出地域文化的形态，却缺乏更强烈的乡土滋味和文字上的独创的审美特质。

此后写《怪世奇谈》系列中长篇小说时，才自觉于语言的改造，由《神鞭》始，继而《三寸金莲》《阴阳八卦》，直至《市井人物》诸篇，渐渐由本乡本土的生活里营造出一种文字语言来。初始生涩，碍手碍脚，逐渐才精熟起来。

严格地说，一种小说应有一种专用的语言。比如鲁迅写《伤逝》和写《狂人日记》绝非一种语言，罗曼·罗兰写《约翰·克利斯朵夫》和写《哥拉·布洛尼翁》亦断然两种文体。语言是写作人对事物的感觉方式。两个作家对同一事物的感觉肯定两样，表述语言亦断然不同；一个作家对两种事物感觉不会一样，怎么能用同一种语言呢？

此理虽然很清楚，写作人常常并不自觉，一种语言用惯了，用熟了，便以不变应万变，一辈子始终一个腔调。往往使自己感觉麻木，使读者感觉疲劳。可是，换一种语言又何等艰难！有时真觉得像抓着自己的头发，要离开地球一样。但如果终于创造出一种新的语言——即找到切确地表述某种事物的特殊的语言感觉，又是何其快乐！又仿佛真抓着自己的头发，一下子离开了待腻了的地球。

依我之见，乡土小说叙述语言的创造，主要不是依据地方口语，而是依据地域群体性格中一种迷人的精神。因为，语言是表现精神的。比如津门，此地众生性格中的豪强炽烈、快利锋芒、调侃自嘲，都是此地语言的特征。把握住这种精神和性格，才好从地方口语中提取真正必需的成分。当然，叙述语言是否具有魅力，最后还要看文字，文字的讲究、品格和形式美。倘若在文字的审美上不能站住脚，还得倒下。

依上所述，我将本人在乡土小说的写作，分作三个阶段：在目录上分段表明，显而易见。在排列上，先近后远，先新后旧。其目的，无非欲使读者先入为主地了解近期的、更成熟的我，以免把我早期之作当作重头戏。这种尾巴朝前的篇目序列，也表明我对自己写作的一种"自我评价"。

写作人的一生是尽力袒露，一味宣泄，如蚕吐丝，直至力竭。到后来，往往不知自己做过多少，甚至都做过什么。一如在大海中驾驶独木舟，始终是四外茫茫，彼岸渺渺，惟有奋力划行，莫要停歇才是。

写到此处，忽觉应该停住，再多一字亦是赘言，于是大呼一声好，就此搁笔。

1997年3月某夜为余乡土小说所作序文，因记之

《俗世奇人》前记

　　天津卫本是水陆码头，居民五方杂处，性格迥然相异。然燕赵故地，血气刚烈；水咸土碱，风习强悍。近百余年来，举凡中华大灾大难，无不首当其冲，因生出各种怪异人物，既在显耀上层，更在市井民间。余闻者甚夥，久记于心；尔后虽多用于《神鞭》《三寸金莲》等书，仍有一些故事人物，闲置一旁，未被采纳。这些奇人妙事，闻若未闻，倘若废置，岂不可惜？近日忽生一念，何不笔录下来，供后世赏玩之中，得知往昔此地之众生相耶？故而随想随记，始作于今；每人一篇，各不相关。冠之总名《俗世奇人》耳。

2000.5

《炼狱·天堂》前记

有一次我对韩美林说："我和你几乎是一生的朋友，可我一直欠着你一件事，我应该为你写一本书。"

我说的这本书，可不是一般意义的评传；尽管他身上充满传奇，这更不是一本传奇。这是一本揭示他个人的心灵史和特立独行的艺术世界的书。我知道，对于很多人来说，韩美林是一团解不开的谜，甚至是一个奇迹，很难走进他的深层，真正明白他。我想，我一直自信了解他——他这个人，以及他的艺术；将他了然地揭示出来这件事还是我来干吧。

在与他至少三十年不间断的交往中，我一直有意或无意地感受他，还以作家冷静、探究、职业的目光观察他和认知他。我承认即便如此，我对他仍有难解之惑。我所说的，并非他永无穷尽的精力与能量，不竭的艺术激情与灵感，磅礴的源源不绝的创造力；因为这一切都来自天赐。与生俱来的东西是无法研究的。

我是指他身上有一个奇特的现象，就是他曾经遭遇过闻所未闻、几近极致的屈辱与折磨。我和他是同代人，我知道"折磨"二字的真正含义。我本人也经过严酷的磨砺，但我与他不同，我更多是精神上的，他包括肉体。他和张贤亮有某种相似，他们的遭遇是命运性的，又是传奇性的。

可是我不明白，为什么在他的画里，却找不到这些历史的阴影。没有愤怒、嫉恨、愁苦与伤感，没有这种心理的表达、宣泄，乃至流露。在他的艺术中，从题材、形象，到境界、情感、色彩，全是阳刚、明澈、真纯、浩荡，全是阳光。就像大海，经历过惊涛骇浪，却绝留不下一丝阴影。他的心灵里也全是阳光吗？他可是用心灵作画的画家呵。这究竟为了什么？他是有意将那些不堪回首的往事拒绝于画外，是躲闪或回避，还是那些命运中的阴影从来就没有进入他的心中？那么他的艺术与人生是怎样一种非同寻常的关系？我琢磨不透。

这个现象并非韩美林独有的。在西方，比如梵·高。我曾去巴黎郊区的奥维和小镇寻访梵·高人生最后的住所。在那间不到八平方米的坡顶、阴影重重的小屋里，至今还遗留着他生前贫苦的氛围。他经常饥肠辘辘地作画，但他画中的色彩却无比美丽灿烂，充满着生命的活力与魅力。

绘画史上有两种画家。一种是八大和蒙克，个人心灵的苦痛全深刻地体现在自己的笔下。还有一种是梵·高，是韩美林。背负着命运的黑暗，艺术向往光明。

莫扎特也是如此，在他快乐的旋律中找不到他本人任何的不幸。

记得二十世纪八十年代初，韩美林对我讲过自己患难之时遇到过一个知己——一条小狗的故事。我曾用这个素材写过一部中篇小说《感谢生活》，发表在冯牧先生主编的《中国作家》上。这也是我拥有国外译本最多的一部作品。然而，我读过海内外一些关于这部小说的评论，遗憾地发现，没人能理解这小说是在探索这种艺术心灵的奇迹，反而谴责我歌颂当时中国社会的反人道，为什么要去"感谢"那样的生活遭际？

韩美林却告诉我：真正的艺术家确实是非同常人。他们是艺术的圣徒，他们用生命来祭奠美，即使在苦难中，身边堆满丑恶，他们的心灵向往、寻求和看到的仍然是美。我最近在一部非虚构的自传体的作品《无路可逃》中的一节，描述了"文革"中我所交往过的这样的一些人，他们默默无名，但虔诚地挚爱着艺术，充满美的向往与渴望，在贫瘠的日子里过着精神上富有的生活。我给这一节的标题取名为"艺术家生活圆舞曲"——当然这是畸形的圆舞曲。我相信自己理解的韩美林。可是，在市场化的今天，这种真纯的艺术家是稀有的。我常常由于这样的艺术家在身边而感动。

然而，在小说《感谢生活》中，我采用的是小说的方式，将我对他这种艺术家的感知表达出来。现在，我更想做的是，对这种艺术家的心灵本质做更深入的探讨，而且要用他自己的话直接表述自己。我决定使用大卫·杜波的《梅纽因访谈录》的方式，通过对话式的访谈，进行心灵追究；以他本人的口述直接呈现他的心灵。口述的价值是第一手的、现场的、直接的和本人的。惟其这样，才能证实这样一种非同寻常的艺术家确凿的存在，同时使身在弥漫着市侩与庸俗烟雾里的我们，还能够找到对艺术的信心。

为此，我在文本上分为两部分。上半部分为"炼狱"，下半部分为"天堂"。"炼狱"是韩美林人生经历及其本人的感知，这部分基本采用对谈式口述自传的方式。当然，这里的自传主要是他的受难史。"天堂"则通过对艺术家心灵的解析，探讨韩美林艺术世界的独特与深层的本质。

全书的主题是寻找他究竟怎样从黑暗的地狱一步到达通明的艺术天堂。

为了文本和版面的简洁，访问者冯骥才简称"冯"，被访者韩美林简称"韩"。

前言数页，亦作序语。

2016.6.6 初稿

2016.8 定稿

五十年并不遥远

《无路可逃》序

如果一个人要写他半个世纪前的生活，你一定认为那生活已经像历史一样遥远与模糊，多半已经看不清了。不不不，你肯定没有那样的经历。那经历一直像"昨天"那样紧随着我，甩也甩不掉；是什么样的感受叫人无法把它推去——推远？是由于自己说过那句"没有答案的历史不会结束，没有答案的历史不能放下"吗？

这答案不仅仅是思想的、社会体制的，还有历史的、文化的、人性的、民族性的，以及文学的。

一条大河浪涛激涌地流过去，你的目光随着它愈望愈远，直到天际，似乎消失在一片迷离的光线与烟雾里；然而你低下头来，看看自己的双脚驻立的地方，竟是湿漉漉的，原来大半的河水并未流去，而是渗进它所经过的土地里。它的形态去了，但它那又苦又辣又奇特的因子已经侵入我们的生活深处和生命深处。这绝不仅仅是昨天的结果，更是今天某些生活看不见的疾患的缘由。

"文革"不是他者，不管你愿不愿意，它都已是你的一部分，而且是非常重要的一部分。

尽管这一切都已时过境迁，物去人非，连那个时代种种标志物都成了收藏品，但它在社会生活里和我的心里却还时隐时现，并使我不得安宁。

笔是听命于心的。可是这一次，我所写的不是别人，而是我自己。我是主人公。我将把自己的昨天拿到今天来"示众"。从文本的性质来说，这更像一部自我的口述史，即访问者和口述者都是我自己，或者这更像一种心灵的自述与自白。这种写作的意义和目的是用个人的命运来见证社会的历史。个人的命运或许是一种生活的偶然，但无数偶然彼此印证便是一种历史的必然。

这里所说的命运，不是指遭遇，而是精神的历程。

口述史最难被确定的是口述者口述的真实性，但我自己对于自己的口述则最不担心这种真实。如果不真实，写作何义？

我计划要写的这一套书是五本。先后是《无路可逃》（1966—1976）、《凌汛》（1978—1979）、《激流中》（1979—1989）、《搁浅》（1989—1994）、《漩涡》（1995—2015）。五本书连起来是我五十年精神的历史。我已经提前把第二本《凌汛》写出来出版了。现在写《凌汛》前的十年《无路可逃》。这本书很重要，没有这冰封般无路可逃的绝境就没有后来排山倒海的凌汛。好了，历史在我身上开始了。

2016.1

《凌汛》序

今年入夏，北京几位文友来津做客，内中有人文社的编辑，闲话里说到人文社坐落京城朝内大街上的那个老楼将要拆旧翻新，说我曾在这楼里住过不短的时间，知情不少，该给他们写点回忆性的文章。这话一下子好似碰到我心中底层的什么东西，怦然一动，未等开口，一位老友说："大冯和人文社关系非同一般，说不定会写篇大块文章。"我便信由一时心情接着说："我的第一部长篇、第一部中篇、第一篇短篇都是在人文社出版的。我还是'文革'后第一个在人文社——也是在中国拿到文学稿酬的作家呢。我是从人文社进入文坛的。我在你们社里住了两年！说不定能写一本小书呢。"

此刻，我忽然记起早在 1981 年我和人文社社长严文井先生的通信中写过这个想法。现在我把这段文字找了出来——

我是人民文学出版社培养起来的作者。我把人文社当作自己的母校。数年前，我是拿着一大包粗糙的、不像样的稿子走进朝内大街 166 号的。那时，我连修改稿子的符号和规范都不知道。是老作家和编辑们一点点教会我的。他们把心血灌在我笔管的胶囊内，让我从社里走出来时，手里拿着几本散着纸和油墨芳香的书。我有个想法，也许过十多年，或许更长的时间，我要写一个小册子，叫作《朝内大街166号》。我心里珍藏着很多感人的材料和值得记着的人物。

信中所说的"更长的时间"竟是三十年吗？怎样的情结仍然能撩动我这个陈年已久的写作想法？

不过，对这个往事当时并没说，文友们却已经猜到我"囊中有物"，逼我掏出来，由此便约定写这东西了。其实当时也只是触动了一种怀旧的情怀而已，未及深思。事后一个晚上想起要写这文章，进而回过头转过身往时光的隧道里一伸脚，却扑通栽进自己如烟的过去，栽进过往岁月的深井，栽进一个时代。那个时代是1977年至1979年——正是整个社会和国家从"文革"向改革急转弯的时代，也是中国当代"新时期文学"崛起的时代。于是，我像白日做梦那样忽然清晰地看见了早已淡忘的人物与生活，早已淡出现实的事件；它们竟一下子溢彩流光般涌现在我的面前。那个时代的场景、气息、激情、渴望、追求、思想、名言、勇气、真诚与纯粹感，原来全都记得。在我的心底，它像历史江河一次遥远的早春的凌汛，原本死寂的封冻的冰河突然天崩地陷般地碎裂，巨大的冰块相互撞击发出惊天的轰响，黑色的寒冷的波涛裹挟着不可遏制的春意迅猛地来到人间。

我写它，已非一种怀念，已经不是初始的想法，而是为了让今天的我从中对照自己，看看自己是进步还是退步了。科学的历史不断进步，社会的历史却不一定；所以历史真正的价值是它不能被忘却；或者说历史的意义是它可以纠正现实。

这样，我便一口气半个月写成这本小书，并在此感谢朝内大街166号——是它允许我在那里住了长长的两年，使我在那个非凡的岁月里，有幸由一个"文化复兴"时代的核心地带登陆于文学。

是为序。

2013.8.20

身返激流里

《激流中》序

　　二月惊蛰已过，还是很冷，不敢减衣，春天好像还远，它远在哪里，远得如同隔世一般吗？忽然一位朋友从微信发来拍摄于南方某城的一段视频，打开一看叫我惊呆！高高的天上，一队队大雁正列阵飞过，每队至少一二百只，它们或是排成极长的一横排，手牵手一般由南朝北向前行进；或是排成美丽的人字，好像机群，一队队源源不绝地飞过。我从来没有看过如此壮观的景象，据说一时这城市的飞机都停飞了，是为了飞行安全，还是为了给它们让路？我不曾知道归雁竟然这样气势如虹！

　　我想，此时即使是在南边，高天之上空气也很冷吧。然而，再寒冷也挡不住春回大地的时刻大雁们的勇气。它们一定要最先把春之信息送到人间，让我们心中陡然燃起对春天的渴望，焰火一般冒出对新的一年生活浪漫的遐想。尤其是一队队归雁中领队的那只头雁，让人分外尊敬，它充满豪气地冲在最前边，它伸长的头颈像一把剑扎进寒风里，刺破冬天僵死的世界，翅膀不停地扇动着从南国带来的风。它叫我们感到，大自然的春天和生命的力量无可阻挡。它叫我激情洋溢。不知为什么，我心中竟然一下子莫名并热烘烘冒出了一个过往的时代的感觉——八十年代!

那个激流奔涌的时代,那个时代的文学。同样的勇敢,冲锋陷阵,激情四射,精神纯粹和不可遏止。于是,无数人和事,无数叫我再次感动起来的细节,像激流中雪白的浪花照眼地闪耀起来。我有幸是那个时代的亲历者,我也是那个时代的弄潮儿中的一个呢。

于是,我有了按捺不住要继续写出我心灵史的第三部《激流中》的渴望。《激流中》所要写的正是从 1979 年到 1989 年我亲历的社会与文学,还有我的生活。

此前不久,我还同样有过一次动笔要写这部《激流中》的冲动。那是在去年的 10 月份。我在意大利中北部做了一次路途很长的旅行,跑了许多意大利文艺复兴时期曾经光彩夺目的大大小小的古城。我寻访古迹,拜谒那些大名鼎鼎的博物馆,为的是体验那场伟大的人文运动的精神与气质。当我从中强烈地感受到西方人由中世纪黑暗时代挣脱出来所爆发的无穷的激情与创造力时,我也情不自禁联想到我们的八十年代。尽管在本质上绝非一样。但这种生命的爆发感、这种不可遏止、这种天地一新,却令我同样激动,让我怀念,也使我沉思与叹喟。

八十年代是我必须用笔去回忆的。我一直揣着这个想法。

我承认,我有八十年代的情结。不仅因为它是中国当代史一个急转弯,也是空前又独特的文学时代。当然,它还是我人生一个跳跃式转换的季节——由寒冬快速转入火热的炎夏。

那是一个非常的时代，也是一个反常的时代；一个百感交集的时代，也是一个心怀渴望的时代；一个涌向物质化的时代，也是一个纯精神和思考的时代；一个干预现实的时代，也是一个理想主义的时代。一切都被卷在这个时代的激流中——特别是文学和文坛，还有正值中青年的我。可是，现在为什么看不到几本记录和探索这个非凡时代的书呢？为什么？

在屈指可数的关于八十年代文学的书籍中，有一本马原的作家采访录，书名叫作《重返黄金时代》，叫我怦然心动。他竟然用"黄金时代"来评价那个时代。在文学史上只有俄罗斯把他们的十九世纪称作"黄金时代"。然而马原的这个称呼并没有引起格外的注意。尽管八十年代已成为历史，但它至今还得不到历史的"认定"。

可是我一动笔，太多的往事、细节、人物、场景、画面、事件、观点、冲突、恩怨、思想、感动，全都一拥而至。这个时代给我的东西太多了。文字是线性的，无法把这些千头万绪的内容全都放进书里。最后我只能这样为自己解脱——如果我能将那个时代独有的精神和气息真切地表达出来了，我的工作便是完成了。

当然，每个人都从自己的角度看一个时代，没有人能够把历史真正地说明白，可是我们却能把个人的经历和体验说真实。当然，还不能小看这"真实"二字，因为真实的后边需要诚实和勇气。这时，我想到自己说过的一句话：

老天叫我从事文学，就是不叫我辜负时代的真实。

于是，我转过身来，纵入昨日——八十年代的激流中。

2017.3.6

纵入漩涡

《漩涡里》序

我无数次碰到这样一个问题：你究竟怎样从一个作家转变为一位众所周知的文化遗产的保护者的？为什么？

这是我最难回答的问题。因为这问题对于我太复杂、太深刻、太悲哀、太庄严，也百感交集。你会放下你最热爱的心灵事业——文学，去做另一件不期而遇又非做不可的事吗？而且为了它，你竟用了一生中最宝贵的二十多年的时光？

我究竟是怎样想的，并下定这种常人眼中匪夷所思的决心？

我说过，如果要回答它，我至少需要用一本书。

现在我就来写这本书。当然，首先这是一本生命的书，也是一本个人极其艰辛的思想历程的书。

我说过，我投入文化遗产保护，是落入时代为我预设的一个陷阱，也是一个一般人看不见的漩涡。我承认，没人推我掉进来，我是情不自禁跳进来的，完全没有想到这漩涡会把我猛烈地卷入其中。从无可选择到不能逃避，我是从一种情感化的投入渐渐转变为理性的选择。因此，我对发生在自己身上的一切都心安理得。

从宿命的角度看，我的"悲剧"命中注定。为此，我写这本书时，心态平和从容，只想留下我和我这代知识分子所亲历的文化的命运，沉重的压力，以及我们的付出、得失、思考、理想、忧患与无奈。但是这毕竟是五千年文明的历史中一次空前的遭遇。一次由农耕文明向工业文明转型期间无法避免的文化遭遇。不管我们怎么努力，此前与此后文化的景象都已经大相径庭了。为此，在本书的写作中，我不想回避历史文明在当代所遭遇的种种不幸、困惑以及社会的症结。如果我们不去直面这段文化的历程，就仍然愚钝和无知。只是我们写这历史，就一定让它在镜子里呈现。

我在《冰河》（无路可逃）、《凌汛》《激流中》等一系列非虚构、自传体、心灵史式的写作中，《漩涡里》是最后的一本。写完了这本书，我发现自己一生中有两次重要的"转型"——从绘画跳到文学，再从文学跳到文化遗产保护，其缘由竟然是相同的——好像都是为时代所迫。

我最初有志于丹青，之所以拿起笔写作，完全是由于时代的地覆天翻、大悲大喜的骤变。我曾写过一篇文章叫作《命运的驱使》，我说要用文学的笔记下我们一代人匪夷所思的命运，这便从画坛跨入了文坛。后来，则是由于文化本身遭受重创，文明遗存风雨飘摇，使我不能不"伸以援手"，随即撇开文学投入文化的抢救与保护中。

可是，我这两次"转型"果真是受时代所迫，是被动的吗？

还是主动把自己放在时代的重压之下？

反正近二十年中，我身在时代最为焦灼的一个漩涡里。

我的不幸是，没把多少时间给了纯粹的自己；我幸运的是，我与这个时代深刻的变迁与兴灭完完全全融为一体，我顽强坚持自己的思想，不管或成或败，我都没有在这个物欲的世界里迷失。

为此，在现实中我没有实现的，我要在书中呈现。这也是写作的意义。

戊戌元月初一开笔开篇

五十五年前一次文化抢救

《天津砖刻艺术》序

曾有记者问我，你的文化抢救的想法从什么时候有的？从哪件工作开始的？我听了，笑而不答。我不答，叫这位记者莫名其妙。

现在可以回答了——就是从《天津砖刻艺术》这小小的书稿开始的。写这书时我二十一岁，当时在一个画社里做摹制古代绢本绘画的工作。那时我对津门地域的文化十分痴迷，包括老城内外街头房屋建筑上随处可见的精美的砖雕。不过，当时这些砖雕在世人眼里已是昔日的弃物，不被爱惜；其他一些地方传统的民间美术的境遇也是这样。于是我想做一件事，将天津主要的地方民间美术做全面的调查、收集、研究，再编辑出版。我不想只去靠现成的书本材料，我要亲自调查。那时我还不知道"田野调查"这个词儿，而且我的计划庞大，雄心勃勃，要把整个城市的民间美术遗存全部查清。现在想一想，几十年后我做城市文化、民间文化和古村落保护，都是这样的思路，一脉相承。一是一网打尽，一是带着鲜明的抢救色彩。

我所计划的天津民间美术调查包括：杨柳青年画、泥人张、风筝魏、刻砖刘、木雕刘、伊德元剪纸、灯笼王和蜂窝麦秆玩具。最先动手做的就是砖刻。

天津历史上是个华洋杂处的城市。我住在旧租界区，老城地处城市西边。大约一年多的时间里，我每天都将一个木凳子绑在自行车车座后边的架子上。脖子挂着一个从朋友那里借来的老式的"127"相机，衣兜里揣着一个小记录本，在老城那边一条条街地走，左顾右看，见到有砖雕的房子就停下来，把绑在车上的凳子取下来，踩上去给砖雕拍照，再掏出小本做文字记录。在天津的城里城外，只要见到雕砖的老房子，都要想办法进去看看。人家不知道我是做什么的，看模样我年纪太轻，不像是房管部门的公职人员，往往便对我生疑；我又无法说清自己的想法，说了他们也不能理解，因此我常被人家拒之门外。

经过大约一年多的努力，我基本弄清了天津砖刻遗存的分布情况。我绘制了一张"天津砖刻分布示意图"，图中以线条的粗细表明各处砖刻存量的多寡。比如老城内北门内大街、南门内大街、南开二纬路、估衣街、河东粮店街和金家窑遗存甚丰，我就标以粗线，余皆细线。对老城之外其他城区也全做了调查，基本查清二十世纪六十年代（"文革"前）天津砖刻的存世实况。对其中砖刻的精品还做了详细的档案。比如南开二纬路上南开区法院内的影壁砖雕，堪称天津砖刻的精粹。

调查中重要的收获是找到了天津砖刻名家刘凤鸣先生。他是此地砖刻史上的大师马顺清的外孙，深得先祖真传，进而追求创新，朝着更加精工的方向发展，将天津砖刻推向一个高峰。天津人很推崇这位民艺大家，称他为"刻砖刘"。我认识他这年（1963年），他七十四岁，家居西门里坐南朝北一处临街的房子。他身体健朗，时而还做活，屋中全是灰砖和雕刻的工具。我从他口中，不仅得到鲜活的砖雕的历史，还弄明白他出名的"贴砖法"的由来与究竟。他还将门楼、影壁、屋脊、女儿墙各处砖刻的结构与功能——讲述给我。我就是在他的指点下绘制出这些建筑砖雕各部位的构成图。

在这种从未有过的田野"实战"丰厚的收获里，我有了出书的想望。那时年轻胆子大，直接找到了美术出版社编辑一谈，得到了认可。于是有了这部书稿。《天津砖刻艺术》是计划中的"天津民间艺术丛书"之一，然而在接下来进行的杨柳青年画的调查中，由于时代风浪的冲击而中断了。《天津砖刻艺术》也没能出版，石沉大海一样搁置至今。在人生的海洋一旦迷失了昨天，就很难找回来。可是谁会知道自己今天的行与思，居然与遥远的过去一息相牵。

你只顾前行，脚后边总带着自己的影子。如果你一天停下来回顾到自己身后的影子，再认真看一看，便会有说不出的亲切乃至温馨。

原以为这部闲置了五十多年的书稿只是一件人生遗物，现在看来，它竟带着我年轻时对乡土文化的挚爱。这种深深的由衷的挚爱是我后来投身乡土文化保护的真正的根由，也是我能够写出许多乡土小说根之于心的缘起。从这里，我甚至还找到了我自己田野工作的方法。没人教给我这些方法，我的方法从属于我的目标——将乡土文化原原本本、应有尽有地搜集和整理起来。

当然，做这些事时我年轻又肤浅，如果换成今天肯定会做得更好更充分。然而，在今天的天津——这个"现代国际化大都市"里我们已经找不到几块砖刻了。经过近三十年翻天覆地的"城市再造"，遗存谁所惜，古砖何处存？

正为此，这本少时之作反倒有了一点历史存录的价值。而且，在今天将其付梓出版，于我个人，还可以找出一条贯穿自己一生的精神线索，并给自己五十多年前的梦想以一种补偿与安慰，因之记焉。

2018.1

甲戌天津老城踏访记

一次文化行为的记录

兼作《天津老房子·旧城遗韵》序

甲戌岁阑，大年迫近，由媒体中得知天津老城将被彻底改造，老房老屋，拆除净尽，心中忽然升起一种紧迫感。那是一种诀别的情感；这诀别并非面对一个人，而是面对此地所独有的、浓厚的、永不复返的文化。

天津老城自明代永乐二年建成，于今五百九十余年矣！世上万事，皆有兴衰枯荣，津城亦然，有它初建时的纯朴新鲜，一如春天般充满生机；有它乾隆盛世的繁茂昌华，仿佛夏天般的绚烂辉煌；有道咸之后屡遭挫伤，宛如秋天般的日益凋敝；更有它如今的空守寂寞，酷似冬天般的宁静与茫然……而城中十余万天津人世世代代繁衍生息于此，渐渐形成其独特的生活方式和文化形态，并留下大量的历史遗存保留至今。这遗存是天津人独自的创造，是他们个性、气息、才智及勤劳凝结而成的历史见证，是他们尊严的象征，也是天津人赖以自信的潜在而坚实的精神支柱。而津城将拆，风物将灭，此间景物，谁予惜之？于是，本地一些文化、博物、民俗、建筑、摄影学界有识之士，情投意合，结伴入城，踏访故旧。一边寻访历史遗迹，一边将所见所闻，所察所获，或笔录于纸，或摄入镜头。此间正值乙亥春节，城内年意浓郁，市井百态无不平添一层迷人的民俗意味。摄影界人士深感这是老城数百年来最后一个春节，于是举行"春节旧城年俗采风"活动。大年期间，乃子午交时的新年之夜，都立在城中凛冽的寒气里，摄下这转瞬即成为历史的画面。各界专家还联合穿街入巷，寻珍搜奇，所获甚丰。勘察到失传已久的明代文井、于今仅存的八国联军庚子屠城物证、惟一可见的徐家大院的豪门暗道、义和团坛口旧址及大量历史遗迹和散落在城中各处的建筑构件之精华。既做了现场的拍摄录影和文字登记，又转入书斋进行考证与研究。天津大学建筑系师生也加入进来，对城中一些风格独具的典型宅院进行测绘，此举应是有史以来对老城文化一次规模最大的综合和系统的考察。

我称此举是一次文化行为。

文化行为是以强烈的文化意识为出发点，进行具有深刻文化目的之行动。这目的有两个，一个是成果，一个是过程。成果是指通过这一行为获得新的文化发现；过程是指通过这一行为所引起世人对文化的关注。应该说，这两个目的——成果与过程——同等的重要。或者说，文化人更注重后者，即过程。因为这过程针对世人，也影响着后人。

特别在中国，虽然是文化久远，但朝代更迭太多。每一朝代的君主为表示自己开天辟地，则必改址迁都，废除旧制，视前朝故旧为反动。因而使我们很少从文化意义上确认古代遗物的价值。文化随同朝代，一朝兴必一朝亡。悠远的文化都被阶段性地断送掉了！

此外，中国自古是农业国，秋衰而春荣，故尤重"新春"中的"新"字。新是对生活美好前景的憧憬和期望。故常言"旧的不去，新的不来"，"除旧迎新""万象更新"。对新的崇拜的反面，即是对旧的废弃。近世又多了"破旧立新"和"砸烂旧世界"的口号。古代遗存自然存者无多。虽说我们创造了五千年的灿烂文化，同时我们又在无情地毁灭自己的创造。倘若今日站在中原大地上极目四望，这中华文化的沃土理应有着极浓厚的历史意味，而我们所能看到的，却是野树荒坡，草丘泥河，好像这大地上什么也没发生过……

也正为此，津城早已破败不堪，数万人拥挤在这狭小的历史空间里，残垣断壁，低屋矮房，烂砖碎瓦，确是应当改造；为人民改善生存环境和生活现状，确是功德无量之盛举！然而面对着这座积淀深厚又破坏惨重的文化古城，难道还不去反省——我们这个文化大国又是多么需要文化！这文化不是文化知识，而是文化意识。懂得文化之价值，具有文化之眼光，在保护历史文化的前提下，再建设现代文化，而不是为了建设新的去破坏历史的风景。

然而，津城终究是一座文化的城。当我发现到"文革"期间，城中居民们担心无知的学生砸毁房檐和影壁上的古代砖雕，用白灰抹涂，使得一些精美的建筑艺术杰作得以保留下来，使我们深为感动。特别是这次踏访老城的文化行为，得到百姓响应，许多城中老人，献出珍藏已久的旧照旧物，以示支持；对于摄影家们爬墙上屋，选择拍摄角度，更是无不热情相助；继而还听到，节假日里一些百姓在城内古迹前拍照留影，以为永记；还有些摄影家受到我们这一文化行为的启迪，也来到老城厢，收集历史画面，为这一方故土留下它最后的原生态的景象，令我们尤感欣慰！

这不正是我们的文化行为所企望的么？

踏访老城活动始自甲戌岁尾，终结于乙亥夏初，约计半年，收集实物资料颇多，发现珍罕古迹若干处，拍摄历史文化遗存及现存景象照片近四千幅，包括历史遗迹、城市面貌、街头巷尾、建筑精华、民俗文化、市井生活以及极具地方精神气质之众生相。这些出自摄影家之手的照片，有些本身就是具有很高审美品格的作品。单是一幅九十五岁老寿星和另一幅 1995 年出生在城中之婴儿的人像照片，就构成了本世纪天津城内令人着迷的生命史。更有一些专家学者关于老城历史、民俗、建筑和文化艺术的研究文章，见地精辟，依据详实，都显示了学术界对天津老城最新的研究成果，也是对这即将凝固的老城历史的一种全面的文字终结。为此，我也对我们这一文化行为的硕大成果感到骄傲，为新一代津人浓烈的乡土情感和文化意识感动而自豪。他们用这乡土情感和文化意识的经纬，编织一细密的大网，从这良莠混杂的老城遗址上，筛出近六百年残存至今而弥足珍贵的文化精粹。天津老城将不复再见，我们却永无遗憾地把它最后的形态和最真实的容颜留在这本图集中了。

经过本图集编辑室大工作量的甄选与编辑，案头事宜已告完成。图集以这次踏访老城拍摄的照片及收获的资料为主，实际上是这一感人的文化行为的记录。文化的大信息量和第一手资料感，将成为本图集的首要追求；学者们的著述及各种测绘与编排图表，也是本图集的重头内容。由于本图集不是一般意义上的历史图录，故对这次行动中所搜集的珍罕历史照片采用极少，以求显示这本图集的自身特色。笔者相信，凡别人可以重复做到的事都是没有价值的。

割爱，往往是一种成全。

此集编成之日，笔者只身又赴老城，于老街老巷中，踽踽独步，感慨万端，长叹不已。那曲折深长的小道小巷，幽黑檐头上风韵犹存的高雅的花饰，无处不见的千差万别的砖刻烟囱和石雕门墩，还有那一座座气势昂然的豪门宅院……将我拥在其间。想到它五百九十余年无比丰富的历史内容，一种独异的文化气息使我深刻地感受到了。跟着，开头所说的那种诀别感，又来袭上心头。忽感自己为这块乡土的文化作为甚少。编辑此集虽用尽全力，并得到朋友们的协力，以及政府部门和各界有识者的热情襄助，但终究菲薄有限，仅此而已。文化人的责任在于文化。于是殊觉又有重负压肩，当不得懈怠，倾心倾力再做便是。

1995.9

历史的拾遗

关于天津历史文化的第三空间

兼作《天津老房子·东西南北》序

历史的过程一半是创造，一半是泯灭。它把世界缤纷地填满，随即再抹去，于是留下了一片片空白，往往使我们迷失于一种记忆的真空中。我从元明时代盛极一时的海津镇的所在地大直沽起步，沿着波光粼粼的海河溯源而上，方向由东向西，一路上所见到的全是峥嵘的现代和泯没的历史。偶见史迹，寥如寒星。到了津西南运河畔，历史好像完全失踪了。那个曾经名噪大江南北的水西庄呢？几十年前不是还能见到它古朴又巍峨的门楼牌坊吗？始由何时，它被时光干干净净收拾而去。这条昔日里舟船往来的水上大道，如今已然浅得连河中心都生出了野草。

然而，我并非怀古而伤情。因为我知道天津这块土地繁华的由来，及其种种崎岖与艰辛。没有这块土地就没有我的生命。我生命的偶然在这里成为必然的。因而，我是怀着感恩戴德之情，去寻访先人们每一步的足痕。这足痕在史籍中，在博物馆里，在文物的花纹上；但对于一座城市来说，这足迹就是一幢幢古老的房子。如果把各个年代不同样式的房子连在一起，就是这个城市独有的历史。历史既是时间的，也是空间的。不信，你走进这些老房子里，一准还会感受到先人那些精神气质。如果你了解那些建筑非凡的历史与动人的经历，你陡然觉得这空间依然存在着先人们的魂灵以及鲜明的个性。

历史在化为时间流逝而去的同时，又化为一种神奇的有灵性的空间存在下来。

从城市的独特性看，天津保存着三个历史文化空间。一个是老城范围内的本土文化空间；一个是以旧租界为中心的近代文化空间。在这两个空间之外，人们往往会忽略还有一个沿河而存在的文化空间。它远在租界和老城之前就已形成。这是一种蓬勃强劲、生动活跃的文化。它不同于老城里那种温文敦厚、沉静整饬的文化气质。任何沿海和沿河的文化都是充满活力和张力的。应该说，它地地道道是一种码头文化。这个空间的文化才是具有天津本土特征的。而这个特征至今还依然有声有色地保留在天津人的精神性格中。

它的中心是子牙河、北运河和南运河汇合为海河而穿过城区这一广阔又狭长的地带。

具体地说，是东起大直沽，西至水西庄，正中为天后宫坐镇中央的宫南宫北。它们都是津地最早出现的胜地。本图集借其吉祥，合并称为"东西南北"。实际上就是与老城和租界并存的第三个文化空间。

应该说明，在图集中，这"东西南北"又有小有大。小的

"东西南北"如上所述；大的"东西南北"则是意在对津地版图的全面包容。那便是东抵大沽海口，北达黄崖关塞，南尽葛沽诸地，西揽杨柳青镇。而这"东西南北"更广泛、更深在的意义，则是表达天津古来的一种人文精神：四面八方，汇为天津。

可是，依据这一构想动手来做又谈何容易，早期风物，遗存无多。它们早已淹没在现实中，了无踪影。这一空间的历史遗迹不比租界和老城，没有规模，很少群体，遗存全是幸存。而这幸存者早已不再是整体，只剩下一些零落而几乎被遗忘掉的细节。

幸亏为本图集效力的编辑与摄影家们，极具文化责任与敬业精神。凭着一把精神的洛阳铲，努力挖掘出被时光掩埋的昔日的人文光辉。读者从本图集中看到的一些前所未见的珍贵的历史细节，都是这次艰辛搜寻的结果。在它们每一件被发现的时候，都引起我们的工作者一阵惊喜。本图集的工作真有一种考古的意味！

历史离去时，有时也十分有情。它往往把自己生命的一切注入一件遗落下来的细节上。细节常常比整体更具魅力。如果你也有情，就一定会被这珍罕的细节打动，从中想象出它原有的那个鲜活的生命整体来。

于是，我们用实拍的照片，历史的照片，以及相关的可视的资料，将一个个失散的历史景象重新构筑起来。我们无法恢复历史的形态，却能复原其精神。

我对这一图集的另一要求，是学术成果。倘若没有对历史进展性的理论发现，任何历史的回顾只能成为一次享受性的消闲。

于是，本图集首次发表的学者张仲、罗澍伟、崔锦、魏克晶、顾道馨、陈雍等人的文章，都是近年来天津地域文化研究方面有创见、甚至是突破性的新收获。历史是固定的，历史价值却是会不断变化的。历史的价值来源于对历史的思考。而人类的进步，常常依据于对历史的新认识。

1997年9月，津地河东大直沽出土一件石雕赑屃，被考古专家确认为当年东庙（东天后宫）的遗物，年代属于明末，其重数吨，足以见证当年庙宇之浩大。而几乎同时，水西子牙河畔出土了两尊碑式石佛，浑古优美，气度不凡，相信至少也是明代雕造。但史籍中此地从无庙宇，缘何出此造像？然而这几件出土的石雕，一东一西，竟把津地早期文化雄厚的气势真切地凸现出来，引起我们对那个遥远岁月一往情深的遐想。

津地正处于建设的新时代。大兴土木，势所必然。破土又带来文物的不断出土。一方面，历史的遗迹在所难免地受到损失；另一方面，新的出土又会改变我们对历史固有的印象。我们无法预测未来的城市景象，却明白自己首要的使命是把于今尚存的历史文化面貌记录下来。不负前人，亦为后人。

此图集的采风工作，始于丙子冬至。摄影方面由天津市摄影家协会承当，组织数十位摄影家，奔往东西南北。经历燠暑寒冬，穿越野岭碱滩，其辛苦可想而知。往往为获取一幅饶有深意的画面，登墙上房，不惧险难。此种文化情感，深动我心！由于所有照片都是摄影家们的精心之作，其品质之高，自不必说。《天津老房子》之采风举动，动员人力之多，涉猎领域之广，切入层面之深，当属空前。乃有史以来最大一次地方文化的采风性的考察。如是浩大工程，幸有多方襄助。既有学者们以渊博学识鼎力支持，又有各界知己炽情相援。图集面世，不仅展示此地迷人之文化，更显示此地人可贵之文化自珍。是为记。

丁丑深秋于津门醒夜轩

小洋楼的未来价值

《天津老房子·小洋楼风情》序

天下任何名城的魅力，首先都来自它独有的建筑美。这些风情独特的建筑，是城市情感与精灵的化身，是一方水土无可替代的人文创造，是它特有的历史生活的纪念碑。据此而言，津地者，小洋楼是也。

一百年来，天津有两个截然不同的"文化入口"。一个是传统入口——从三岔口下船，举足就迈入了北方平原那种彼此大同小异的老城文化里；另一个是近代入口——由老龙头车站下车，一过金钢桥，满眼外来建筑，突兀奇异，恍如异国，这便是天津最具特色、最夺目的文化风光了。

大众俗称之为小洋楼。

小洋楼不仅仅是指一座一座舶来的建筑样式，更是对这独特的城市景观的一种总称。

它与老城那边的景观遥遥相对，看上去格格不入，甚至有点势不两立。于是，此地非同寻常的历史就被这种建筑格局鲜明地勾勒出来了。如果你略通一点中国近代史，粗知九个国家曾经在这里争相占地、开辟租界的经过，特别是读过英国人马克里希写于义和团运动期间的《天津租界被围记》，就会明白这小洋楼绝非天津城市发展的历史延续，其中更没有任何文脉上衍传的必然。小洋楼是一种政治强加，也是一种文化强加。它是中国近代史和东西方关系史上的一个悲剧果实。

然而，只有文化上的蠢人才会把这苦果摘掉，一扔了事；或者当作一个历史的蒙羞的私生子，弃之便罢。我们可以否定某一历史，却不能因此铲掉这历史的依据。何况作为历史的遗存，它不单是确凿的物证，还有更广泛的价值。

通常人们认为历史遗产的价值主要是历史价值，又认为历史价值只属于过去。其实历史的价值是一种被认识的价值。而对历史的认识都是为了现实与未来。那么历史价值最终是一种现实价值和未来价值。

对于历史遗物，你从历史角度研究它，就会认识到它的历史价值；你从文化角度观察它，就会发现它的文化价值；你从审美角度端详它，还会找到它独有的审美价值。

这价值就是财富，历史留下来的财富。

小洋楼中最深厚的价值，还是它的文化价值。从它昔日的社会身份来看，它属于上层社会所拥有。由于小洋楼的地带——租界的权力独立于皇权之外，它便成了中国政治生活中一个优越的、神秘的、深邃难测的空间，重大事件的后台，世外桃源与世间桃源；那些形形色色特殊人物的种种幕后与隐私，填满了这里的各种各样曲折而美丽的建筑里。这些在今天看来只不过是千奇百怪的房屋，其中许多都是近代史上举足轻重的棋子。不管是事件遗址，还是那些名人宅邸。然而至今我们对它们却是所知甚微。如果谁能叫这些小洋楼开口说话，说不定近代史的一些段落要重新改写。可是如果它们闭口不语，你可以走进这些楼里去用心倾听——

历史建筑所保留的是一种历史空间。由于这空间犹存，历史就变得不容置疑。徜徉其间，历史好像忽然被有血有肉地放大了。过往的生活形态仿佛随时都能被召唤回来。那些在史书中空洞的叙述，到了这里便全都神奇又丰盈地复活。你会从一些独特的细节中，一下子感受到逝去已久的历史人物的某种个性。甚至连昔日的精神也能实实在在地触摸到呢。历史遗物并非历史的遗骸，而是作为历史的生命而存在。

事物的文化价值大多是在它成为过去时才表现出来的。事物在成为历史时不是变小，而是变大了。这是因为事物的文化价值远远大于它的本身。

比如你仔细观察十九世纪末的小洋楼，也就是西方人在天津最早修建的那批房子——比如望海楼教堂、紫竹林教堂、大清邮局等，就会发现，其中不少建筑在风格上具有中西相杂的成分。但这绝不表明天津本土对外来文化的主动迎取与接受，而是说明当时（即早期）西方入侵势力的有限。因而使得承建这些房屋的中国人，不自觉地把自己的审美习惯表现出来。可是到了 1900 年前后，西方势力急剧加强，这一阶段兴建于租界的房屋，则听命于它们那些惟我独尊的洋主人，一概是各国建筑的原样照搬了。

于是，各个租界的建筑都成了不同占领国的象征。旧中街（今解放路）由于串连式地穿过几个租界，街两旁的建筑便分段呈现出法、英、德等几个国家不同的面貌来。这些建筑就一下子把西方建筑史的不同国家与不同时代的风格琳琅满目地推入津门，这便是天津小洋楼又被别称"万国建筑博览会"的由来。

然而，二十世纪二十年代以来，政局多变，各种身份显要或特殊的人物，从各地来到天津租界这块"超然世外"的空间里建造住宅别墅。这些延续着租界风格建造的小洋楼却不再严格遵循外来的样式规范，而是依从它们中国主人的口味与习惯，并信由中国的设计师们随心所欲地改造，致使各国租界晚期建筑彼此之间的区别变得模糊。一种津地所独有的小洋楼风情便悄然形成。

它突出的代表是俗称五大道的街区。低矮的、尺度宜人的楼房与花木掩映的庭园，在荫影重重中构成幽静和舒适的环境。严实而不透空的围墙增添了这些住宅的安全感与私密性。这一切显然都是那些莫测高深的房屋主人所必需的。至于建筑样式的千形万状和异国情调，则是为了满足那个时代对外来文化的好奇与奢侈。于是外来文化被改造和中和，成为近代天津城市历史文化的一个象征。

一方面是入侵者的文化强加，一方面是对随之而来的外来文化的改造。这表现了本土文化雄厚强劲的背景与巨大的融合力。从历史角度看，天津小洋楼是西方入侵的一目了然的证据；从文化角度看，它却是本土文化一个奇异的创造。进而说，是在被动历史背景下主动的文化创造。正是这一创造，使独特的历史被独特的文化记载下来。因此说，小洋楼是天津城市标志性的文化财富。

刻下，此地文化人正是从这一认识出发，在《天津老房子·旧城遗韵》图集出版之后，再次组织历史、文化、建筑、博物馆等界学者，对现存小洋楼做全面和彻底考察，同样是穿街入巷，足迹遍及城区，并将重要建筑甄选列表，然后邀集本地摄影名家四十余人，有序地展开拍摄。历经秋露春风，夏暑冬寒，前后整整一年。摄影家们为摄取一帧精美照片，伺得最佳光线，常常一连多日守候景物面前，方有所获；若不能满意，复再返工，此中辛苦，不想亦知。今秋收尾算来，总共摄取照片一万五千余帧！这足以表现此地摄影家的文化意识与责任精神。对于文化，我喜欢责任二字；肩负"责任"之作，要比那种诉说一己悲欢的小东西的分量重得多，也高远辽阔得多。但这次遗憾的是，图集篇幅有限，载入者不足十分之一，割爱甚巨。然而能够有如是规模，记录历史，展示文化，亦当感到高兴！文化人的幸福之一，常常是被自己的一种奉献行为而感动。

在考察与拍摄中，深感津地小洋楼的浩瀚丰富，精美非常。此地人生活其中，往往对小洋楼熟视无睹，但编者相信读者看过此图集，一定会感到如在异国他乡！单说一扇门、一根柱、一面墙饰或一个迷人的楼顶，就极尽华美，千姿万态，绝无雷同。小洋楼的历史不是一个悲剧的历史吗？哪来这样富于创造力的想象与激情？为此，学者们另有深思。小洋楼的文化，由于过去为种种偏执与浅薄之观念所囿，学术界涉及甚微。此次研究文章应是期待已久的学术收获。

津地小洋楼的历史与文化脉络纵横交错，庞杂繁冗。为了使读者读来明了，本图集的编排方式是：文章方面从历史源流做纵向阐述，图片方面从建筑类别做横向展示。故此，分作上下两集。上集为公共建筑，包括行政、金融、工商、教育、宗教等方面；下集为住宅，即名宅与民居。所谓名宅，一是名人故居，二是要人住所，三是建筑奇品。上下两集都有大量的各类建筑细部的展现，力图显示津地小洋楼之绚丽多姿和无穷精华是也。倘若读者为此感到惊异，乃至自豪，并视小洋楼为珍宝，编者便心满意足了。

前年冬日一个聚会上，一位年轻干练的企业界人士到我面前，说他对我保护城市历史文化的主张颇为赞同，他深知我乃一介书生，编辑出版这样昂贵的图书如举千钧之鼎，便主动提出襄助于我。此图集便是他实践自己诺言的结果。倘没有这位泰丰集团总裁冯兆一先生及其各界知己，尤其是副市长王德惠先生的全力支持，读者至今只能在报端去听我那些无力的文字呼吁而已。

然而从支持者身上，我欣喜地看到他们对小洋楼文化价值的认同。一旦文化人的深谋远虑转化为渐渐宽泛的社会呼应，清明的文明之光便由地平线升起。城市的历史文化形成于过去，认识于现在，施惠于未来。我想，当后人流连于这历史文化空间之中，一定会称赞我们这代人文化的远见。

历史属于过去，也属于将来；小洋楼既属于历史，更属于未来。无论其历史价值、文化价值、审美价值，乃至旅游的价值，都会在未来源源不断地显示出来，并作用深远，无可估量。历史的价值在文化中发酵；文化的价值在未来发酵。一旦发酵，则是必成意蕴无穷之好酒也。于是，这里要再次提及我曾经说过的一句话：

每一代人都有一个神圣的使命，就是把前人的创造留给后人。

丁丑年深秋日于醒夜轩

《抢救老街》前记

　　这是一本没有先例的书。它记载着一群文化的志愿者抢救一条濒临灭绝的老街的全过程。或者说，它是对一桩文化抢救事件的由始至终的真实记录；它采用严格的纪实笔法，巨细无遗地记述了这一空前并充满激情的文化行为。我所说"没有先例"——不是说没有人用过这种笔法，而是不曾有过这样的文化行为。

　　我国有着灿烂而自觉之文化，但从无文化的自觉。于是，文化生于斯，亦毁于斯。自1900年敦煌藏经洞遗书遭劫，文化人始而觉醒，奋起抢救，致力保护，由是而今，历经百年，虽有一些文化的先觉者高呼遗产的保护，却仍不能引发国人之自珍。于是，近有"文革"劫难，继而开发狂潮，文化之命运一直处于岌岌之中。

　　此次，津门一些文化人，在估衣街遭受厄运之时，集合一起，进行抢救。不单振臂呼吁，更是付诸行动。所幸的是，这些行为一方面感动了各界与百姓，赢得广泛呼应；一方面得到政府的支持，最终使老街受到了全面保护；其间规划部门提出的与"建设性破坏"相对立的"保护性改造"的新概念，不仅已为此地人所共识，更为当今中国城市的改造和建设提供了一个文化含金量颇高的创造性的范例。而估衣街的抢救行动可谓我国文化保护史的一件具有开创性的事件。内中许多内涵，颇有启示意义。为传布示人，以醒天下，故将相关材料，整理成书。而对于当事者来说，亦是一种永久的纪念。是为记。

2000.4.2

《手下留情》序

近五年来，我十分关注文化上的事。友人们以为，此乃我写作外的一种兼顾。其实不然，我于此中，倾注之力，惟有我知。

比方，九六年为了挽救津门老城，九七年为了抵制对原租界建筑毁灭性的冲击，九九年为了抢救毁于旦夕的估衣街，一次次组织各界人士进行考察，并大规模地拍摄文化遗存，继而编辑成大型图册。这些用民间方式进行的庞大繁复的工作有如一项项工程。愈是担心有所失漏，就愈是需要付出精力。所有花费，多靠卖画鬻字所得。然而辛苦的反面自然是收获。我究竟将历史消失前的一瞬，形象地锁定为永久。而且，我在重视这些收获的同时，同样看重行动过程中所发生的成效。我喜欢把思想转变为一种行动，因为只有行动才有实在的成果。

于是，常有人好意相劝，要我莫把光阴等闲过。说我用至少写作几部大型作品的时间，去与不可抗拒的时代潮流相抗，有点像堂吉诃德与风车作战。收获无多，所失不小。

我却认为，生命的意义在于是不是为你所爱的付出了。付出过程的美妙总是高于一切。我喜欢这样一种付出——即这付出含有某些悲壮的意味。

当然，我所关切的不仅仅是现代化冲击中都市个性的存亡问题。还有文化的消费化，文化的传媒化，文化的趋同化，以及纯文化的命运，等等。我把这些大量的需要思辨的问题，视作当代文化人必须承担起来的最艰巨和最前沿的挑战。如果说二十年前，我们的对手是保守与僵化；现在的对手则是一味的新潮。可惜我们的文化界反应迟钝，时至今日，仍然单声道地唱着昔日那种现代化的赞歌。

于是，五年中，我伴随"行动"的这种纸上的呼喊，才真正是我心中的文字。它与我的行动合为一起，是我全身心投入的力作。我把它视作我生命历程中一段极有价值的经历。所以，当一位记者问我，如果这五年的岁月重新来过，你是否还会这样做。我说，我只会做得更好些。因为现代化的速度"突飞猛进"，使我常常行动仓促，顾此失彼，留下了不少遗憾！而这些遗憾是根本无法补偿的。

本书收集的文章，一半以上发表在上海《文汇报》上。《文汇报》"笔会"萧关鸿几位，是我这些文化思考的知己。五年中，我的行动为他们所关注。电话中每当我说出一些心中的焦虑与思辨，便建议我写出文章。写文章可抒发心志，也是整理思绪，还能行于世，生效于社会。而《文汇报》无愧于我国文化之大报。这些文章只有刊行于《文汇报》上，才在文化界中广泛传播，因之换来许多知音的支持与同道的教诲。这样，如今整理成集，竟有近五十篇文章。这是我不曾期望过的很大的收获啊。它居然记录下我这五年中精神的足迹，也记录下这五年中我不懈的激情！

关鸿还为我出个一流的主意，便是要我将几年来一个个"文化行动"，作为一桩桩的"文化个案"在书中具体地表现出来。即把每一桩行动的相关报道、采访录，及我写的文章，组成个案，依次放在书中，这样就使读者清晰地了解我对一个个文化问题的思索、见解与所做的事情。应该说，这种编书的方法，前所未有，但它却恰如其分地适用于我。故我对关鸿说，尽管你是个好作家，但你更是天才的编辑家。

于是，编辑本书的过程便成了一种自我的回顾与重温。我不敢奢望它对读者有任何启示，却相信今后我感到自己势单力薄，无奈于庞大的文化压力之时，这些昨日的豪气，肯定会激发自我，使我能始终不改初衷，坚持做下去。为此，当向《文汇报》的知己们躬身致谢。是为序。

2000.2.8

给谁拨打 120？

《紧急呼救：民间文化拨打 120》序

人类的文明史由始至今，一共经历了两次文明的变迁。第一次是由渔猎文明转变为农耕文明，那是在远古时代，人们尚无文化的自觉，故而渔猎文明几乎没有留下什么遗存；第二是从农耕文明转变为现代的工业文明。这个转变正在我们生活中发生。于是，原有的在农耕文明架构中的一切文化都在迅速消失。消失与泯灭得最快的就是民间文化。因为民间文化本来就是自生自灭的。当我们还在讨论会上论证此中孰是孰非，何去何从，求得高深的理论见识时，我们先人创造的活生生的、灿烂的、不可再生的民间文化正在田野中和山洼里大批大批地死亡。死得无声无息，一如烟消云散。

人类文明的转换所向披靡。这因为，这种转换是历史的大势所趋，是一种进化。但是我们不能因此就抛却了农耕时代的文明创造，它们是数千年的历史阶段留下的巨大的财富。

但是人们并不都能看到这一点。

主要因为我们对"现代"这两个字抱有太多的激情与热切。

于是，往日的文化——实际上是整个农耕的文化正在速死，既是正常死亡，也是非正常死亡。只要我们到民间中去跑一跑，就会发现，一些曾经是民间文化花红草绿的沃土，如今已成寥寞的荒原。

这一年里，我没有写小说。一直在为启动"中国民间文化遗产"的抢救而奔波，呼吁，写文章，与各种相关的人交谈。我一直在为民间文化拨打120——紧急呼救。可是有一次，我在一个会议上讲抢救民间文化的重要性和紧迫性时，我受到打击。记得当时我讲得激动难抑，热血沸腾。说实话，我更希望坐在主席台上的有关领导者能被我这些话感动。可是，我讲着讲着，扭头一看，却见两位领导者正在交头接耳地小声说话，根本没听我的话。他们脸上笑嘻嘻，似乎被什么秘密逗得十分快活。我的心一下子沉下来：我在给谁拨打120？向谁呼救？我是不是有点像"武训"了？

然而，我又想，我的责任是面对社会。只要整个社会具有文化良心，我们的文化才有希望。如今全社会的城市文化保护的意识愈来愈强，不正是与知识界这些年全力的呼喊相关？这些想法鼓励了自己，使我没有消沉，并在此时成了我编这本集子的动力。

集子里的文章，绝大部分是近一年写的，发表在全国各地的报刊上。发表时只谈一个问题或一个侧面，整理成集便可以充分而立体地表达我对当代文化命运的看法。

最早建议我用集子的方式来完整地表述思想的是萧关鸿先生。他为我编集了第一本随笔式的文化批评《手下留情》，交由上海学林出版社出版。近日关鸿调到文汇出版社主持工作，他敦促我继续做这件事。我知道，他这份心意，最终也是想唤起更多的人关注民间文化的存亡。我便将这本集子给了他。因为，一本书最好的产生过程，是经过一位知己者的手。

　　且为序。

2002.10.20

《灵魂不能下跪》序

　　人最高贵的是灵魂。

　　灵魂不仅为人所有。一个城市、一个国家、一个民族都有它的灵魂。

　　灵魂又是看不见的。因为它是一种形而上的精神。思想、品格、信仰、原则都在其中。它是独立的、个体的、尊严的、不可侵犯的。它是比肉体还要高贵的人之本。所以无论面对谁、无论为了什么，灵魂都不能自我违背而屈膝下跪。下跪是一种放弃，放弃的是自己至上的尊严。

　　可是由于灵魂是看不见的，就容易被看得见的东西所遮蔽。尤其在物质化的市场大潮席卷而来时，花花绿绿的物欲迷乱了我们的心智，那个看不见的灵魂便被忽视，似乎变得可有可无。尤其在令人馋涎欲滴的种种诱惑面前，灵魂——思想、品格、原则、尊严，好像都不那么高贵了。无论是个人的品格还是城市的尊严。

　　不久前，南方某大城市新开发出来的仿英式的别墅区内，竟然竖立起一座胖胖的丘吉尔的铜像。我知道，这不必大惊小怪，丘吉尔是个很了不起的人物，但它和那个城市有什么关系呢？为什么为他立像？古今中外放在纪念碑式的台座上的雕像可都是人们心中崇敬的英雄，谁认识这位洋老头呀。当然，我知道丘吉尔先生在这里只是充当开发商们的一个卖点、一个商业广告而已。但我却感到我们的膝盖真的变软了。为了钱无论把谁都可以请出来，弯腰屈膝拜一拜。唉，只要留意一下，不是时时处处都可以看到这种金钱导演的闹剧和悲剧——灵魂的下跪吗？

于是，一个以"精神捍卫"为目标的使命摆在我们一代知识分子的面前。这也是我所投身的文化保护工作的"背景"。

依我之见，知识分子和文化人的不同是，知识分子有强烈的现实责任，心甘情愿地背负起时代的十字架：文化人却可以超然世外和把玩文化。

尽管我说过，我是"行动至上"者。这行动却不是盲目的。它是一种对思想的实践。思想与思辨仍是一种前提。多年来，在与充满挑战的现实困境搏斗的同时，大量的文化思辨，对混沌现实的透析，对荒谬的世事的口诛笔伐，以及有的放矢的呼吁与有感而发的写作，是我工作中一个很重要的部分。因为，作家总是试图用思想影响生活，不管成功与否。

此间，与我一起进行这场思想与文化上共同拼搏的伙伴向云驹先生，希望将我笔下这些伴随时代进程的思考汇集起来，以便获得更多的知己与"战友"，同时也可以梳理一下自己，更清醒地面对未来。并且经他的努力，把我散见于各种书刊上的相关文章和一些重要会议上的讲话收罗起来，校勘谬误，分类编集，选精摘要，因有此书。并且以我一次演讲的题目作为本书的书名。这书名正是我为人为文的座右铭。在这里，我要感谢云驹对我的理解。特别是精神上的理解。还有他为此书付出的努力。并相信一个人的事情，一多半是由他人相助而成的。是为序。

　　　　　　　丁亥春节，正月初二于醒夜轩

思想与行动

《思想者独行》序

在巴黎罗丹纪念馆静谧的院中，我举着一把黑布伞凝视着那座世人皆知的思想者的雕像。细密的秋雨淋着他铜绿色赤裸的肩背，亮光光寒冷的雨水沿着他的臂膀和手流到双腿上，但他一动不动，紧张的思想使他忘却一切。于是，在我眼里，它不再是一个沉思的人，而是思想本身。它是拟人化的思想的形象。

《思想者》是对思想的颂歌。

人类社会只要还在进步，就需要思想。人类靠着自己的思想穿过一道道生活的迷雾从历史走到今天。但今天的迷雾只有靠今天产生的思想廓清。二十世纪身陷于贫穷的中国人不可能有当今被淹没在汪洋大海般物欲中的困惑。因此一切真正有价值的思想都来源于对现存世界的怀疑。它的本质，既是批判性的，又是创造性的。思想永远是一种先觉的社会理性。

思想是被现实的困境逼迫出来的。它不是空想联翩与向壁虚构。它与活生生的现实对话，还一定要作用于现实之中，影响和改变现实。那么谁是思想的实践或实现者呢？

在历史上用行动去完成自己思想的人大多是政治家。或许有人说，政治家可以使用手中的权力，文化人手中却只有一支笔。所以在常人眼中，文化人只能是发发议论和牢骚、大声呼吁乃至做个宣言而已。可是，晚年的托尔斯泰为什么要离开在亚斯细亚波利纳亚庄园极其舒适的生活，频繁而焦灼地介入社会事件，甚至去做灾民调查？他似乎连文学也放弃了。

思想是现实的渴望。它不是精神的奢侈品。它必须返回到现实中去。最好的实践者是思想者本人。特别是我们关于经济全球化中本土文化命运的思考，一直与本土文化载体的大量消失在同一时间里。我们等待谁去援救那些在田野中稍纵即逝、呻吟不已的珍贵的本土文明？所以行动者一定是我们自己。

这不是被动的行动。它是思想的一部分。

所以我说，我喜欢行动。不喜欢气球那样的脑袋，花花绿绿飘在空中。我喜欢有足的大脑，喜欢思想直通大地，触动大地。不管是风风火火抢救一片在推土机前颤抖着的历史街区，还是孤寂地踏入田野深处寻觅历史文明的活化石。惟有此时，可以同时感受到行动的意义和思想的力量。

行动使我们看到自己的思想。充实、修正和巩固我们的思想。我们信奉自己的思想，并不是狂妄自大和自以为是，而是因为这些思想在现实中得到一次又一次的验证与吻合。这一切都必须经过自己的行动。

因而，在编集这本小册时，我把"思想与行动"作为主题，并得到本书编者、好友祝勇的认同。我刻意将近两三年来所写的文化批评类的文章，择精选要，分为两类：一类是"思想"，即对当代中国文化命运的思考；一类是"行动"，即我付诸行动时，随手记下的一些事件、过程、思考与感受。由于要与同一套书的体例保持一致，所选"思想"的部分自然多一些；又由于篇幅所限，只能将"行动"的部分压缩下来。需要说明的是，前后两部分没有时间的顺序。多年来，我一直是边思考边行动。我喜欢这样的感觉：

在行动中思考。使思想更富于血肉，更具生命感。随时可以在思想中触摸到现实的脉搏。

在思考中行动。使足尖有方向感，使行动更准确和深刻，并让思想在现实中开花结果。

当作家把自己写入书中，心中的企望只剩下一个：愿读者的感受与我相同。

2004.5.23

问谁？

《文化诘问》序

在整理近年来写的关于文化思辨的种种文章时，发现不少文章所用题目竟都是问话，题目后边也都是问号，而且是咄咄逼人的问号，奇怪，我何以问话为题？所问者谁？这便不得不把文章重读一遍，自然想起写这些文章时所面临的情境。

当时写作时，我的笔像是一件武器，我在挥刀抢枪，然而对手全都无比的强势和巨大，我却孤单寡助。记得一次，曾为江南六镇的保护做出重要贡献的勇士阮仪三教授用短信发给我一首他新填的词，字句中透出许多无奈。我有感而发，以手机为具，和他的韵，回赠一首，曰：

年来忧心又忡忡，村村欲变容，你我嘴硬有何用，人当耳边风。

文人单，弱如蚁，骨软更无力，只缘我辈心不死，相助又相惜。

故而我说我们很像堂吉诃德，单枪匹马，自不量力，去和巨大的风车作战，一准要丢盔卸甲。

想想这近二十年，从保卫天津老城，抢救估衣街，到呼吁保护一座座城市的历史街区、古建名居，到为一处处濒危将亡的非遗求救，再到近期的画乡镇南三十六村和北总布胡同的梁林故居，我不是一个彻头彻尾、一败涂地的失败者吗？

于是，这些文章"问话"便成了一种责难、质问、申诉和檄书。不管它是成是败，反正要发出声音。

我矛头之所向有时看似是一些相关的管理者——其实这哪里只是一两个管理者的事，这是一种时代性的无知，或是金钱至上的时风和时弊所致与必然。

我是在用反问的语气，呼唤人们关切这些正被熟视无睹的荒谬与隐性的灾难。

以我多年写作的感受，写作的受益者往往首先是自己。在这些思想的较量中，必然先要推敲和校正自己的观念；审视自己的立场偏颇与否，信心持久与否，勇气足够与否。因为自己处于弱势，弱者只能从自己身上寻找力量。

所以这发问也是对着自己。

老实说，重读这些文章时，我对自己并不满意。或是觉悟得太晚，或者力度不够，或者是不够纯粹。我需要不留情面地反思自己。因为，我现在还没有放弃自己的选择和所志愿的工作，我渴望今后做得比以前好。谁也不想留下遗憾给自己——那就必须事先弄明白自己。这离不开他者的批评。

近二十年我将这类文化思辨的文章，先后整理出三本书。第一本是关于城市文化保护的文集《手下留情》，第二本是关于民间文化抢救的文集《紧急呼救》，第三本是关于文化思辨的文集《灵魂不能下跪》。这是第四本。这一本的特点是，收入我在政协和参事室的口头或文字的"进言"。这也是思辨也是文章，但不同的是这些文章有了收效。我还将出一本演讲集《舌战》。多年来，我这些文章与演讲一直伴随我的行动。我十分崇尚王阳明"知行合一"之说。所以我的双脚没离开过田野。我的思想是我行动的头脑，我的行动是我思想的肢体。只有思想才能使我们的行动不成为盲动，只有行动才使我们看见自己的思想。话说至此，已尽心尽意，亦为此书之序言也。

2013.2.1

我的笔听命于时代

《为文化保护立言》序

自二十世纪九十年代，我从小说创作中转过身，投入文化抢救和保护，人们误以为我改行转业，丢下了写作，惜我者为我可惜。实际上我的思想与心灵的器具——笔，一直紧握手中，须臾不曾离开。

首先缘于时代和社会的转型，我们的传统文化与文化传统遭受剧烈冲击。这个文化是我们在世界上赖以生存的根基。当我认为自己必须保卫自己的文化时，我的笔必然听命于我的思考，听命于时代。其实听命于时代原本就是作家的天职。故而说，我仍然是以作家的身份站在文化保护的田野里，并与知识界的一些先觉者，为我们濒危将灭的遗产呼救，高扬它们的价值与美，批评伤害它们的种种野蛮、荒谬与无知，唤起社会与民众的文化自觉。

于是我手中的笔，向社会呼吁，向政府建议与提案，为种种重要的遗产制作档案。其中我写得最多的是尖锐的思想性的文化批评。这些具有战斗性的批评可从聚焦时弊，阻遏谬误，促使公众去关注去思辨。十多年来，我这类文章伴随着我的抢救行动一贯而下。文化保护是中国当代知识界最有时代性的使命之一。而且它充满创造性的思考。我作为参与者，很重视自己这些思想檄文，并把它们看作是我文化保护行动的一个重要的部分。

我用它为文化保护发声和立言。

现在，承蒙文化艺术出版社鼓励，将这些文章摘其精要整理出来。使我得以对自己这一段"思想史"进行梳理与重温。因表谢意，兼作序言。

2017.6

知识分子与文化先觉

《文化先觉》序

当今，文化自觉作为社会发展的必需，已成为人们的共识。

文化自觉是清醒地认识到文化与文明的意义和必不可少。然而，对于知识界来说，只有自觉还不够，还要有先觉，即文化的先觉，因为知识分子的性质之一就是前瞻性和先觉性。在全社会的文化自觉中，最先自觉的应是知识分子。文化先觉是知识分子的事。

文化先觉是指知识分子要自觉地站在时代的前沿，关切整个文化的现状、问题与走向，敏锐地觉察到社会进程中崭露出来的富于积极和进步意义的文化潮头，或是负面的倾向。当然，不只是发现它、提出它、判定它，还要推动它或纠正它，一句话——承担它，主动而积极地去引领文化的走向。

文化先觉首先来自知识分子的文化责任。文化是精神事物，它是耶非耶与何去何从，天经地义要由知识分子所关切所承担。它是知识分子的"天职"。一个时代如果没有一批富于文化良心、淡泊功利的知识分子，没有他们的瞪目明察、苦苦思辨与敢于作为，这个时代的文化就会陷入混沌与迷茫。就像"五四"时期那一批优秀的知识分子，给予那个困扰纠结时代的文化注入了进步与光明的力量。

知识分子是个体。个体不一定是孤单和弱势的。当个体真诚地投入时代的大潮中，其判断与作为切中了现实，就一定会得到愈来愈广泛的认同，成为共识，获得支持，从而便不再孤单；只有成为时代文化进步的推动者，才会感受到自己的价值与力量。因此说，知识分子要首先成为这种先觉的思想的实践者，在实践中修正自己、判定自己和验证自己；而不是坐而论道，指点江山，与现实风马牛不相及。任何有价值的思想都是大地里开出的花；而任何真正美丽的花除去美丽，还要结成种子，回落在大地里，开放出更加绚烂的花来。因此说，先觉与否要在现实中证实。

先觉者都应是先行者。

文化先觉不是一种觉察，而是一种思想。它由广泛的形而下的文化观察与体验中，发现到时代性的新走向新问题，通过形而上的思辨而产生的一种具有思想意义的新认识。

这种先觉不一定都在国家民族文化层面上，也有生活、城市、习俗乃至审美等不同的文化层面与方面。关键是要对它保持锲而不舍的守望与关切。先觉又是一种境界一种状态；这种境界和状态产生于具有高度文化责任和知识精神的知识界。

当然，文化的先觉还要来自广阔的文化视野。没有对文化的博知与深究，对文化史的学养，对当代世界不同类型国家文化的广泛观照，敏锐、深刻和富于真知的文化先觉缘何产生？在精神领域里，高度不会凭空而起，深度加上广度才会产生高度。

文化自觉与文化先觉有所不同。文化自觉的要求具有普遍性，而文化先觉——由于它具有发现性、进取性、引领性，它的要求似乎在更高一层；但它又是知识分子所要具备的。它不是某个人一定具备的，却是知识界必须具备的。或者说，知识分子本来就应有这种先觉性。失去这种责任和性质就不再是知识分子，而只是"有知识的人"。

对于转型期间的当代中国，文化上充满内在的冲突与活力，问题与希望，文化现象无比纷繁，有待我们去思辨与认知。因此说，文化先觉，它既是文化发展的需要，更是知识分子的职责与使命。

2013.2.21

《武强秘藏古画版发掘记》序

本书对于我是一个闯入者。

一如前几年那本《抢救老街》忽然一头闯进我的写作计划，又使我无法拒绝。不单由于它是一个意外和非常的事件，更是一种罕见又珍贵的激情。

癸未（2003 年）春日以来，我国文化界人士启动了"中国民间文化遗产抢救工程"。于是大批学者专家，离开书斋，纵入田野，掇拾那些行将消泯于大地的"母亲的文化"。神州各处——无论是雄峰险谷、边疆僻地，还是荒村野寨、云里雾中，都有我们文化志愿者们那种忙碌又孤单、寂寞又执着的身影。此中有多少千辛万苦并值得歌之书之的人与事？然而在流行文化沙尘暴一般遮蔽了国人视野的今日，谁予书之，谁予歌之？

为此，便有了本书的由来。

这是一本纪实的书。

本来，这只是文化抢救行动中小小的一件事。但其中表现的精神却非同一般。在前去发掘秘藏屋顶上的一批年画古版时，忽然疾雨骤至。一百多人中，有年高七八十岁的老专家，也有二三十岁的青年志愿者，全都顶风冒雨，跋涉于泥泞，无人退缩。这种文化的神圣感和强烈的责任感，不正是我们期待已久、呼之已久的么？于是，我作为这抢救行动中的一员，亲历目睹，自当赶紧一手提笔，一手推去堆在书案上的未竟文稿，将深深打动了我的这桩事笔录下来。

促使我写作此书的另外一个原因，是此次发掘古版绝非寻常。大半画版，乃是"孤本"；一些画面，堪称绝品。文化价值难以估计。故而，本书对这些古版做了初步的评估；重点古版，专行考析。并备略说一文，以使读者了解这些古版的背景。

为使这一事件的始末得到完整的反映，本书还将在这一抢救活动中武强县提供的相关材料附录在后。有些材料是武强年画普查小组郭书荣先生通过田野调查完成的。武强人自来珍爱自己的文化，此次普查工作做得认真有序，这一切都可以从附录的材料中看得清清楚楚。这样，这桩抢救行动便有了一份全记录。我的希望是，一方面，把它作为这一抢救成果的档案，放入历史；一方面，作为今日文化界抢救工作的真实的现状——一种紧迫的、急切的、充满悲壮感的行为，展示给世人。倘若读者因此受到心灵的感动，便恰合我动笔的初衷。

2003.11.6 于北京怀柔集贤山庄

《民间灵气》序

甲申年初，李小林打来电话，约我在《收获》开辟专栏，写一写我近年在各地乡间文化普查的所见所闻所思所想。此时，我因文化普查千头万绪的事而身陷重围，压力极大，本想把这约稿推了。又一想，心里确实堆积着从大地获得的那些五彩缤纷呢，倒也该用笔记录下来，便应了小林。谁料这本来并不艰难的写作却使我不堪重负。在镇日的忙碌中时刻要记着不能忽略和逃避交稿的日期。然而一经伏案挥笔，竟然感受到宣泄一般写作的快乐！

近两年，一边组织和发动各地民间文化遗产的抢救和普查，一边寻机纵入田野。我喜欢亲近乡土的那种感觉和感受。尤其是——每入乡土深处，才实实在在领悟到民间文化的意义。它直通远古而依然活着的根脉，它在百姓心中深刻的精神之所在，它不可思议的多样与斑斓，它醇正的、浓烈的、深厚而迷人的气息……只有此时此刻，才发现我们对民间其实很无知；而只有弄懂了民间文化，才真正懂得我们的百姓与民族。可是，在全球化和现代化的冲击下，这种根的文化正在遭受全面的、断子绝孙般的冲击……但是，这些发现、体验、认知和思考，这些惊奇、感动、忧虑和焦迫，一入笔管，便发觉被文学研究者们硬性地分类为散文、随笔、批评的种种体裁之有限。于是，在这次的写作中决心拆除各种体裁间的藩篱，将散文、随笔、研究、批评等一起混用。我想，非此不能表现我这种复杂的内容。也许有人会说这是一种文体试验。我却不愿意用"试验"二字，这两个字过于操作性、技术性、游戏性，没有血肉和血性。

于是，甲申一年，我在各地奔波、在田野与山川的行走间，不断地寻找时间的缝隙，让自己的笔站在光洁而美丽的稿纸上。有一次，我忽然发觉稿纸的一排排横竖的小方格很像田畦。我的笔不也在这田野中走来走去，不也在思考、感动和叹息吗？有人说，我这些文章是"行动散文"。我笑道：这个词儿倒是恰如其分。虽然我不想打什么旗号。

本书是整整一年里在《收获》"田野档案"中发表的一系列文章的结集。写到末篇之尾，已感力不能支，故而最后一句是"现在，我要把这个储藏田野档案的门轻轻关上了"。但李小林叫我先不要关上。她说：别忘了你是作家，你这些文章会使更多人了解你、支持你。她说得不错。一年来，不断有人因为看过《收获》，对我表示声援与鼓励。然而，我的问题的关键是没有时间，更别提写小说了。当鱼和熊掌不可兼得时，我选择什么？我是不是此生注定要守候在民间了？不知道。反正，一个作家倾尽一生之力，最终也只能把自己想写的写出一半来罢了。另一半，或是不能写，或是没时间写。写到此处我忽然感到写作是一种命运。命运就是你在选择，你也被选择。

有感而发，写在书前，且为序。

2004.10

折下生命之树的一枝

《乡土精神》序

今日写作之于我，愈来愈必要。这里说的写作，不是小说，而是关于文化遗产及其保护问题的各类文章。我的对手无比巨大无比强大，以至常常感觉自己如螳臂挡车，脆弱无力，束手无策。我是不是逆社会的潮流而动？但在我坚信自己的思想不谬并一定会被明天认可时，绝不会放弃现在的所作所为，并把"坚守"二字视作自己心灵的重心。

于是，我调动自己的一切可能。比如演讲、呼吁、游说、组织各种文化行动，还有我原有的擅长——写作，竭尽全力去与全球化横扫一切的狂潮相抗。我这种写作也是多类的。有学术性的探究，也有抨击时弊的思想批评，再有则是本书中这类文章。以一种散文化的笔法，记下在田野大地考察时所见所闻所感所思。这种写作多缘自一种情怀与感悟，文字中自然生出一些文学的意味。然而，这并非文人的自我抒发，而是要与读者共享这些隐藏在大地深处的迷人的文化。如果能唤起更多人对这些文化的爱意，则更是我的期望。

先前写这些文章比较零碎，直到 2004 年《收获》杂志主编李小林约我写这样一个专栏，才刻意于一种将散文、随笔、思想批评以及文化研究融为一体的文本。我不是写文化游记，必须涉入一些文化学和遗产学的发现与思索，故而这个专栏名为"田野档案"。然而，写专栏这一年真的苦了我。专栏必须期期都有，不能"缺席"。我在天南海北的奔波中，不管怎样疲敝，也要硬割下一些时间来写作，就像我说的"从那一年切下一块自己的生命蛋糕"。此后，我把这一年专栏文章，合为一册，取名为《民间灵气》，交给作家出版社出版。当新书散着纸页与油墨的香味捧在手中，感觉好多了，庆幸这一年总是多了一件写作上的成果；但同时暗下决心，不再为《收获》写这种专栏了。

两年过后，李小林又来叫我写这类专栏。谁料这次我竟然忘记当年自己下的决心，答应再开专栏。其缘故，是近两年间我的见闻与感受奇特又深切，而且太多太多，无限美好地拥满我的心。感受是作家的天性，非文学的笔触不能表达。再有，我三十年来主要的作品大多给了《收获》。《收获》最能唤起我对文学的依恋，我把《收获》的约稿视作对我这个文学浪子的召唤。于是，再次应小林之邀，从我今年的生命之树再折下一枝来。

尽管当下中国文化的商品化在加剧，遗产抢救与保护较之以往更加令人心焦，但每当我坐在书桌前写这些文字时，近年来种种发现、思考以及心灵的感应一如潮水激涌到书案上来。

应该说，这两年间我跑过的、见过的、想过的，较之现在写在这本书里的，不足十分之一，但我是时间的乞丐，只能选赤抛朱，择其精要，亦割爱良多。我真想备份出一个自己，专写这类文章和这些珍奇美好又鲜为人知的文化。我喜欢这种写作。

为使读者直观地见到这些文化的本身，刻意采用这种插图性的文本。书中许多图片都是我的珍藏，亟堪宝贵。为使本书与当年那本《民间灵气》具有一致性，仍交由作家出版社出版。本书取名为《乡土精神》，以表达我对文化遗产本质的理解，那就是——

不要以为人们在田野大地上只求耕种与温饱，人们更需要的是坚实有力的精神生活。没人给他们精神，这精神是人们在自己的心灵中创造出来的，并给它穿上民俗民艺美丽的衣衫，用以安慰自己的生命，补偿自己的命运，消解现实强加给自己的苦难，并使生活有滋有味。

2010.3

抢救中遇到的奇迹

《豫北古画乡发现记》序

此刻，一种强烈的写作欲燃烧于心，不能自遏。这不是写小说的冲动，而是来自一次文化抢救行动。近年来，我的笔已经与我所做的事融为一体了。它是我的一只手，而且是有力的右手。我用它在报端呐喊，向相关官员呼吁，也用它记录在抢救中出现的一个一个奇迹。收获之大，出于预料乃至臆想。

然而，我们的文化是有情的。只要你为它付出，你的收获一定比付出的多得多。比如，这次探访豫北新发现的古画乡——滑县慈周寨乡前屯二村。收获之大，出于预料乃至臆想。

又是冷雨浇头，又是寒风扑面，又是又厚又滑的泥泞，又是因为我的脚大而不得不在鞋子外边套上塑料袋。这一切和在武强旧城村抢救屋顶秘藏古画版的遭遇几乎完全一样。但那一次的收获是一批早在人间绝迹的古画版，这一次却是发现一个有声有色、五彩缤纷、活态的年画产地；一个在已知的神州各地的木版年画产地中从未露过面的新面孔；一个作品远销东北与西北的黄河流域的北方年画中心；一个从题材、体裁、风格、技术和相关民俗上特立独行的古画乡。可是它既然早已闻名于世，却何言"发现"呢?

一句话,它是一种失落的文明。中州大地上一个被遗忘的历史辉煌。幸亏今天的中州人,对历史有情,对民间文化有义,才从草莽中找到这颗失却已久的遗珠。因之使用"发现"二字。

2006年11月下旬,借着在河南召开"全国民间文化遗产抢救工程经验交流会"之际,组织此次对这个新发现的古画乡——滑县慈周寨乡前屯二村的抢救性的考察行动。从考察结果中认定它是中州大地重要的非物质的文化遗存,是河南民间文化遗产抢救成果,遂将此地年画列入"中国民间文化遗产抢救工程——民间木版年画抢救项目"的重点,接续还要进行的民俗学、人类学、文化学和美术学等多角度交叉的大范围的田野考察,最终为滑县慈周寨乡年画整理一份详实的档案。

于是,此间的种种感受、见闻、考察与计划,促使我以图书方式,将其记录下来。

从作家的立场说,记录的主旨乃是张扬一种文化精神,一种本土文化的认同,一种文化情怀。

关于本书的文体,应是综合性的。既有理论性的研究文章,也有纪实性的口述文本。至于"探访记"的文体,则是我说过的"行动散文"。我一直认为,文体的划分只是为了研究,写作本身应该不为任何特定的文体所拘泥。如果有一种文本,能将感受、思考、纪实论文,乃至资料合为一体,那就是本次写作所为之努力的。

随同我前去考察的小组，短小而精悍，孙冬宁负责传人口述调查，段新培负责视觉记录，他们尽职尽责，才使这次考察收获甚丰。

这本书是我们为滑县慈周寨古画乡做的第一件事，接下来更多的努力都将从这里开始。

本书编写的速度极快，开笔于12月4日，完成于12月30日。尽管其间事务繁冗，却一边排难解纷，一边将本书一口气完成。最终结束于年底。当收笔完工之日，心中高兴非常。这终究是今年的一个沉甸甸的成果呵。

2006.12.30

临终抢救

《一个古画乡的临终抢救》序

临终抢救是医学用语，但在文化上却是一个刚刚冒出来的新词儿，这表明我们的文化遗产又遇到了新麻烦。

何止是新麻烦，而且是大麻烦。

十多年来，我们纵入田野，去发现和认定濒危的遗产，再把它整理好并加以保护；可是这样的抢救和保护的方式，现在开始变得不中用了——因为城镇化开始了。

谁料到城镇化浪潮竟会像海啸一般卷地而来。在这迅猛的、急切的、愈演愈烈的浪潮中，是平房改造，并村，土地置换，农民迁徙到城镇，丢弃农具，卖掉牲畜，入住楼房，彻底告别农耕，然后是用推土机夷平村落……那么，原先村落中那些历史记忆、生活习俗、种种民间文化呢？一定是随风而去，荡然无存。

这是数千年农耕文化从未遇过的一种"突然死亡"。农村没了，文化何有？皮之不存，毛将焉附？无皮之毛，焉能久存？

刚刚整理好的非遗，又面临危机。何止危机，一下子就鸡飞蛋打了。

那么原先由政府相关部门确定下来的古村落呢？

只剩下一条存在的理由：可资旅游。很少有人把它作为一种历史见证和文化财富留着它，更很少有人把它作为文化载体留着它；只把它作为景点。我们的文化只有作为商业的景点——卖点才有生路，可悲！

不久前，我挺身弄险，纵入到晋中太行山深处，惊奇地发现连那些身处悬崖绝壁上一个个小山村，也正在被"腾笼换鸟"，改作赚钱的景区。这里的原住民都被想方设法搬迁到县城陌生的楼群里，谁去想那些山村是他们世世代代建造的家园，里边还有他们的文化记忆、祖先崇拜与生活情感？然而即便如此，这种被改造为旅游景区的古村落，毕竟有一种物质性的文化空壳留在那里。至于那些被城镇化扫却的村落，则是从地球上干干净净地抹去。半年前，我还担心那个新兴起来的口号"旧村改造"会对古村落构成伤害。就像当年的"旧城改造"，致使城市失忆和千城一面。

然而，更"绝情"的城镇化来了！对于非遗来说，这无疑是一种连根拔，一种连锅端，一种断子绝孙式的毁灭。

城镇化与城市化是世界性潮流，大势所趋，谁能阻遏？只怪我们的现代化是从"文革"进入改革，是一种急转弯，没有任何文化准备，甚至还没来得及把自己身边极具遗产价值的民间文化当作文化，就已濒危、瓦解、剧变，甚至成为社会转型与生活更迭的牺牲品。

对于我们，不论什么再好的东西，只要后边加一个"化"，就会成为一股风，并渐渐发展为飓风。如果官员们急功近利的政绩诉求和资本的狂想再参与进来，城镇化就会加速和变味，甚至进入非理性。

此刻，在我的身边出现了非常典型的一例，就是本书的主角——杨柳青历史上著名的画乡"南乡三十六村"，突然之间成了城镇化的目标。数月之内，这些画乡所有原住民都要搬出。生活了数百年的家园连同田畴水洼，将被推得一马平川，连祖坟也要迁走。昔时这一片"家家能点染，户户善丹青"的神奇的画乡，将永远不复存在。它失去的不仅是最后的文化生态，连记忆也将无处可寻。

我们刚刚结束了为期九年的中国木版年画的抢救、挖掘、整理和重点保护的工作，才要喘一口气，缓一口气，但转眼间它们再陷危机，而且远比十年前严重得多，紧迫得多。十年前是濒危，这一次是覆灭。

我说过，积极的应对永远是当代文化人的行动姿态。我决定把它作为"个案"，作为城镇化带给民间文化遗产新一轮破坏的范例，进行档案化的记录。同时，重新使用十五年前在天津老城和估衣街大举拆迁之前所采用过的方式，即紧急抢救性的调查与存录。这一次还要加入多年来文化抢救积累的经验，动用"视觉人类学"和"口述史"的方法，对南乡三十六村两个重点对象——宫庄子的缸鱼艺人王学勤和南赵庄义成永画店进行最后一次文化打捞。我把这种抢在它消失之前进行的针对性极强的文化抢救称之为：临终抢救。

我们迅速深入村庄，兵分三路：研究人员去做重点对象的口述挖掘；摄影人员用镜头寻找与收集一切有价值的信息，并记录下这些画乡消失前视觉的全过程；博物馆工作人员则去整体搬迁年画艺人王学勤特有的农耕时代的原生态的画室。

通过这两三个月紧张的工作，基本完成了既定的目标。我们已拥有一份关于南赵庄义成永画店较为详尽的材料。这些材料有血有肉，填补了杨柳青画店史的空白；而在宫庄子一份古代契约书上发现的能够见证该地画业明确的历史纪年，应是此次"临终抢救"重要的文献性收获。

当然，最关键的目的，还是要见证中国城镇化背景下农耕文化所面临的断裂性破坏的严峻的现实，以使我们由此清醒地面对它，冷静地思考它，将采用何种方法使我们一直为之努力来保证文化传承的工作继续下去。

本书以图文方式呈现我们此次"临终抢救"所做的一切，并直言我们一代文化人面临的问题，以及所感所思。

应该说，这是我们面对迎面扑来的城镇化浪潮第一次紧急的出动。这不是被动和无奈之举，而是一种积极的应对。对于历史生命，如果你不能延续它，你一定要记录它。因为，历史是养育今天的文明之母。如果我们没了历史文明——我们是谁？

2011.5.2

文人画说

《文人画宣言》序

一次画展上，一位年轻的观者问我："你的画是文人画吗？文人画和中国画有什么不同？"

我笑道："文人画就是中国画。"

谁料他又把话倒过来，问我："中国画是文人画吗？"

把话倒过来，往往就换成另一个问题。这年轻人很善于思辨。

我说："不可以这么说，也可以这么说。"

这话好似绕口令。

他听罢感到不解。我想解释给他，但又不是三言两语说得明白，只能做如是说。

文人画是中国绘画独有的概念。文人是有主见的人，故而自文人画崛起之日，各种艺术主张的旗号便高高擎起；而后历时千年，更是充满着自我的思想思辨和相互的理论争辩。由王维、苏轼、米芾、赵孟頫、倪瓒、吴镇，及至董其昌、郑燮、齐白石，等等，这些中国艺术史上巨型的精英，全都裹入其中。可以说文人画的历史就是中国绘画艺术的思想史与批评史。

文人画又为中国绘画创造了独特的文化形态。从个性化和心灵化的人本，到诗书画印一体的高雅的文本，使文人画具有纯正的经典的东方气质、东方意蕴和东方美，以至一般西方人把文人画当作中国绘画的本身乃至全部。

然而，文人画自它诞生之日，却一直陷入各种歧见和认识的误区里。从初期被贬斥为消散简陋的隶家画，直到近世又被视作旧文人的笔墨游戏，文人画似与我们相隔甚远，间有重幛，晦涩不明。幸好在今日，那些人为地甚至政治化地涂上去的种种历史污垢正在被拭去，理论界开始重新识别它的面目了。由此我们发现，重新认识文人画，竟是重新认识中国画！

对于上述这些历史的思辨，我尽在书中表达出来。此外，便是我本人的绘画观。我对绘画的思考一直没有离开过对文人画传统的反思。对于传统的文人画，我继承哪些，摒弃哪些；哪些应视为至圣之本之源，哪些被我反其道而用之。在本书中，我都一一从细道来。

我自认为，我的绘画之路是重返文人画传统的路。我所说的传统，绝不是历史的、滞固了的形态，而是一种精髓与神髓，一种活着的思维，一种真理性的艺术主张，一种可供神游和再创的博大的空间。

这里之所以用"文人画宣言"作为书名，是因为从苏轼到陈衡恪，文人画一直在"宣言"，在自我申辩。至于他们为何这样，我又因何这般，道理尽在书中是也。

是为序。

2007.4

文画本一体

《艺写四季》序

百花文艺出版社的编辑忽发奇想，想给我的散文与绘画做一次联姻，出一本另类的亦文亦画的图书。这想法叫我兴趣盈然。

其缘由还是来自老祖宗说的"诗画相生"。所谓"诗是无形画，画是有形诗"。对于中国的文人来说，每每画之构想一定含着文思，让文思深入画意；每每行文之时常常伴随形象的想象，如画的形象可使文字的描述活灵活现。故此古代的文人画不仅要在画中放入文思与诗意，还要在画面上题写诗文，文图相辅，以丰富观者的感知。然而近世的绘画渐渐少有题跋，或者不重视题跋，文学便与绘画分道扬镳，这一传统也渐渐远去。

此传统远去有两个原因。一个原因与文人的工具有关。古人无论书画还是写文章用的是同一套工具——纸笔墨砚。著文之余，随手涂几笔竹兰梅菊，再题上几句诗，来得十分自然。但到了现代，文人改用钢笔甚至电脑写作，与笔墨渐渐无关。笔墨纸砚变成画家专用的工具，绘画遂与写作脱离。

另一个原因是，现代人与诗的关系愈来愈疏远，与散文的关系愈来愈密切。大概由于散文的文体散布在生活各种行文中，包括书信、日记，乃至邮件中。散文更契合现代人情感与思维的表达，诗愈来愈小众化和专业化。可是，散文很难题写在画面上。为此，百花社的编辑突发奇想，想改用一种图书的方式，把散文与绘画合为一体，这是一个浪漫的艺术的创新，也是文本和出版上的创新。

他们之所以找到我头上，是我亦文亦画，尤其是我的绘画追求内涵的可叙述性，即散文化，而且我还写过一些与我的画相关的文字。

然而，当我决定与百花社合作这本特殊的图书时，我必须将本书作为一本独立和独特的图书来编写。绝不是把现有的图文集成一册了事，我要依从本书特定的构思（比如四季的顺序与结构）来谋篇布图，并专意写入一些散文与诗句。

这便是一本全新的图书了。

现在这本书完成了。这是一种尝试，我希望从这里得到一些成功的经验，有助于将来把这种书做得更好。

我希望有人把它当作画集来看，顺便读一些相关的文字；希望有人把它当作散文来读，同时浏览一些相关的图画；当然更希望有人把它当作一个独特的整体来观看，惟有这样，才能找到我们放在这本书中的本意。

是为序。

2016.5.12

遵从生命

《温情的迷茫：冯骥才绘画作品精选集》序

一位记者问我：

"你怎样分配写作和作画的时间？"

我说，我从来不分配，只听命于生命的需要，或者说遵从生命。他不明白，我告诉他：

写作时，我被文字淹没。一切想象中的形象和画面，还有情感乃至最细微的感觉，都必须"翻译"成文字符号，都必须寻觅到最恰如其分的文字代号，文字好比一种代用数码。我的脑袋便成了一本厚厚又沉重的字典。渐渐感到，语言不是一种沟通工具，而是交流的隔膜与障碍——一旦把脑袋里的想象与心中的感受化为文字，就很难通过这些文字找到最初那种形象的鲜活状态。同时，我还会被自己组织起来的情节、故事、人物的纠葛，牢牢困住，就像陷入坚硬的石阵中。每每这个时候，我就渴望从这些故事和文字的缝隙中钻出去，奔向绘画……

当我扑到画案前，挥毫把一片淋漓光彩的彩墨泼到纸上，它立即呈现出无穷的形象。莽原大漠，疾雨微霜，浓情淡意，幽思苦绪，一下子立见眼前。无须去搜寻文字，刻意描写，借助于比喻，一切全都有声有色、有光有影地迅速现于腕底。几根线条，带着或兴奋或哀伤或狂愤的情感；一块块水墨，真真切切的是期待是缅怀是梦想。那些在文字中只能意会的内涵，在这里却能非常具体地看见。绘画性充满偶然性。愈是意外的艺术效果不期而至，绘画过程愈充满快感。从写作角度看，绘画是一种变幻想为现实、变瞬间为永恒的魔术。在绘画天地里，画家像一个法师，笔扫风至，墨放花开，法力无限，其乐无穷。可是，这样画下去，忽然某个时候会感到，那些难以描绘、难以用可视的形象来传达的事物与感受也要来困扰我。但这时只消撇开画笔，用一句话，就能透其精髓，奇妙又准确地表达出来，于是，我又自然而然地返回了写作。

所以我说，我在写作写到最充分时，便想画画；在作画作到最满足时，即渴望写作。好像爬山爬到峰顶时，纵入水潭游泳；在波浪中耗尽体力，便仰卧在滩头享受日晒与风吹。在树影里吟诗，到阳光里唱歌，站在空谷中呼喊。这是一种随心所欲、任意反复的选择，一种两极的占有，一种甜蜜的往返与运动。而这一切都任凭生命状态的左右，没有安排、计划与理性的支配，这便是我说的：遵从生命。

这位记者听罢惊奇地说，你的自我感觉似乎不错。

我说，为什么不？艺术家浸在艺术里，如同酒鬼泡在酒里，感觉当然良好。

1991.12 于天津

艺术的密码

《冯骥才画中心情》序

艺术家们都说，自己的一切一切已放在作品之中，此外的任何述说，皆属蹩脚的注解、多余的阐释和画蛇添足，只能遏制读者的想象力。

但这只是艺术家的立场与角度。换一个读者的立场就全然不同了。

如果读者被一部作品迷住，他必然想知道这非凡的创造从何而来，它究竟怎样奇迹般地诞生，以及隐藏在它后面的种种因由。读者对艺术家的好奇是天经地义的。就像我们都问过母亲，自己出生那个时候的情景和相关的细节，知道得愈多愈好！其实，这都是作品生命的一部分。这一部分往往裹藏着艺术的真谛与密码。

然而，作品是艺术的一种结果。作品自身的目的排斥这些"体外"的内容。哪怕这些内容极其重要。

聪明的中国画家采用题跋的方式，解决了这一困惑。中国画在元代以前很少采用题跋。题跋的出现，来源于文人的介入。这些题跋的体裁多为诗歌与散文随笔。从形式上，它把绘画、文学、书法构筑为一个整体，形成富于独特又高雅的东方风格的审美样式；从内容上，它与绘画相得益彰，对画面诗化和深化，许多画外的内容便可以直接又优美地书写在画面上。

尽管如此，还是有不少有益的内容在画面之外，不为读者所知，只为读者抱憾。这样，古往今来才有那么多画家著书立说，以其画论、画说与散记随笔，张扬其艺术理想，阐述其创作体验，描述其艺术生活。斯文斯画，共同传世。我想，大概这就是人民文学出版社编辑这套特殊的图书的初衷了。

这首先是立足于读者立场的书。

但它对于我，却尤为重要。我的画不宜题跋，往往必说的话便借助于画题。可是绘画的题目与文学的题目不同。一篇文章必须有题，题目往往是文章之眼；绘画的题目似乎可有可无，读者有时根本不理不睬。这样，我就十分重视这画外话了，也许因为我的一半是作家，也许这种写作对于我，是机遇难得的一次自我的挖掘、重温、梳理和审视。我想，倘若今后我在绘画上有所进步，那肯定得益于这次特殊的写作。

且为序。

1999.4 于天津

绘事自述

《冯骥才画集（1990—2010）》序

我天性喜画，画在文先。二十世纪七十年代末一系列伤痕小说发表之前，已有十五年丹青生涯。由于世人知我多缘自文学，故以为我先文后画。这里执意加以说明，是因为我后来的写作常常运用画家特有的视觉思维。

自我操弄笔墨，至今五十年。虽有时全心写作，有时倾心于文化遗产保护；然丹青之恋，犹然未已，时断时续，不曾放弃。我曾在旧金山举办画展时，做过一个演讲，题目叫作"绘画是文学的梦"，以表达我对这种可视的缤纷的创造之向往。由于大多数听众是文学爱好者，很少有人听懂我所言之深意。

数十年来，我的绘画可分作前后两个阶段。

前一阶段始于二十世纪六十年代初。那时以摹制宋代北宗诸大家画作为生，得以钻研古人的画理画技，其中偏爱范宽、郭熙、刘松年、马远、夏圭和张择端。于是侧锋的斧劈皴斫和中锋的长线勾勒深刻地记忆在我的笔管里。同时，注重师法造化，常常肩背画夹，外出写生，近及京西蓟北，远赴岱宗太行，这一阶段绘画追求时代山水与传统审美的融合。可惜画作多毁于"文革"与地震，残剩寥寥。

"文革"间，艺术几近灭绝，个人偶动画笔，发于兴趣而已。1978年新时期崛起，心中壅塞欲吐之言，跨入文坛，即卷进新时期文学激流中。一时笔锋如火山口，炽烈迸发喷涌，十年中写作数百万字，自然与画疏离，且渐行渐远。这段岁月，应是我个人画史的一段非常的空白。

后一阶段始于1990年。由于时代变迁，放慢写作，静心于书斋中定神苦思，总结以往，忽有画兴，来之甚猛。这迅猛之势源于情感，发于心也。谁料心中的丹青竟不可遏止，阔别的水墨更是焕然一新。那时，忙于在京、津、沪、渝、鲁、甬等地，继而到美国、奥地利、新加坡和日本等国举办画展；日后反省，才明白原来多年来作家抒写心灵的思维方式，使我不自觉地进入了真正的文人画范畴。如果说，我的前一阶段是画家画，后一阶段则是文人画。当然，我的画不是古来已成定式的文人画。这便招来对我的画风其说不一。正像当年《神鞭》问世，有称传奇小说，有称津味小说，或称武侠小说、荒诞小说、文化小说，等等，众说纷纭，莫衷一是。那时的报章有称我的画为"作家画"，有称为当时画坛盛行的"新文人画"，却又嫌在画风上相去甚远，一时难下定论。我在日本东京举办画展时，平山郁夫先生撰文称我的画为"现代文人画"。我觉甚好，在接受他的概念的同时，也引起我的思考：何谓"现代"的文化人画？我的自我总结，是我的画不像古人那样崇尚诗性，而是追求散文性。诗是在点状的凝聚，散文是线性的叙述。我追求绘画的内涵与意境能够像散文那样可以叙述，而散文更接近现代人。

中西绘画最大的区别不是形式，而是精神内涵的不同。中国画讲文学性。中国画家所说的意境简而述之：意就是文学的意味，境就是可视的空间境象；二者相合即为意境。可以说，"意境"二字是对文学与绘画融为一体的高度升华与提炼。

然而，在我将"现代文人画"明确作为绘画目标时，全球化和现代化对城市历史文化遗存的冲击，牵动我心。我于1994年开始进行一系列大规模城市遗产拯救行动，自2002年又发起全国性的民族民间文化遗产的紧急普查与抢救。由于许多行动属于民间性质，必须倾注全力，故我在文章中的呐喊来自我写作的笔，我的经费来自我的绘画。我在一篇文章《为周庄卖画》中，写下这种伴随我近二十年的卖画行为的缘起。

尽管绘画的成果多化为文化保护的支撑，绘画的过程却贯穿我的艺术的思考与追求。文人画及其当代性已是我致力的方向，一己性情始终是作画的驱动力，审美的发现常常是一种灵感，自我寻找是我终极的追求。既不能向古代的文人画既定的笔墨中寻找感觉，又要保持惟中国文人才有的精神方式，这中间的道路只留给具有个性魅力的人去开掘。我不知道能否做到，却知道应该怎样去做。

在这后一阶段（1990年至2010年）中，惟一的变化是，二十世纪九十年代的画幅较大，二十一世纪前十年的画幅都较小。

这大概是我把较多的时间都支付给巨大而无边的文化遗产保护的事业，同时也说明绘画是我终生不能放弃的了。因为我说过，文学（包括文化）于我是一种责任方式，绘画于我是一种生命方式。绘画不能像文字那样具体地记录生命的内容，却能直观地逼真地保存下生命的形态。

这恐怕是我对文人画最本质的理解了。

本画集是我五十年绘画的一种总结。虽然图版皆是后一阶段的"现代文人画"。然而，我将前一阶段经历"文革"、损毁殆尽的"劫后残余"的些许资料，尽可能地作为历史依据附在集中。为使内含充分，还收录了几位中外学者评述我的文章和绘画观方面的自我表述，以及个人的大事记，等等。应该说，我尽量使这部画集具有一定的档案性。

我绘画的道路还长，凡长途远行者，走上一段总要回过头来看一看，鼓励自己，亦校正自己，以利前行是也。

2010.6

书房说

《书房一世界》序

作家之特殊是有一间自己专用的房子，叫作书房。当然，有的作家没有，有的很小。我过去很长时间就没有，书房亦卧房，书桌也餐桌，菜香混墨香，然而很温馨。现在已然有了，并不大，房中堆满书籍文稿，但静静坐在里边，如坐在自己的心里；任由一己自由地思考或天马行空地想象，天下大概只有书房里可以这样随心所欲。

这是作家的一种特权。

书房不在外边，在家中。所以，大部分作家一生的时间注定与自己的家人在一起。然而，作家的写作很少与自己个人的生活相关。因为他的心灵面对着家庭外边的大千世界，扎在充满各种烦恼的芸芸众生与挤满问号的社会里。这温暖的书房便是他踏实的靠背，是他向外射击的战壕。因此，对于作家，惟有在书房里才能真实地面对世界和赤裸裸地面对自己。这里是安放自己心灵的地方，是自己精神的原点，有自己的定力。

由于作家的书房在自己家里，作家的家就有特殊的意味：生活的一半是情感的，书房的一半是精神的。当然，情感升华了也是一种精神，精神至深处又有一种情感。

如果一个作家在这个书房里度过了长长的大半生，这书房就一定和他融为一体。我进入过不少作家的书房，从冰心、孙犁到贾平凹，我相信那里的一切都是作家性格的外化，或者就是作家的化身。作家绝不会在自己书房里拘束的，他的性情便自然而然地渲染着书房处处。无不显现着作家的个性、气质、习惯、喜好、兴趣、审美。在那些满屋堆积的图籍、稿纸、文牍、信件、照片和杂物中，当然一定还有许多看不明白的东西，那里却一准隐藏着作家自己心知的故事，或者私密。

　　就像我自己的书房。许多在别人眼里稀奇古怪的东西，再普通不过的东西——只要它们被我放在书房里，一定有特别的缘由。它们可能是一个不能忘却的纪念，或许是人生中一些必须永远留住的收获。

　　作家是看重细节的人。书房里的细节也许正是自己人生的细节。当我认真去面对这些细节时，一定会重新地认识生活和认识自己；当我一个一个细节写下去，我才知道人生这么深邃与辽阔！

　　所以我说书房里是一个世界，一个一己的世界，又是一个放得下整个世界的世界。

　　世界有无数令人神往的地方，对于作家，最最神之所往之处，还是自己的书房。异常独特的物质空间与纯粹自我的心灵天地。我喜欢每天走进书房那一瞬的感觉。我总会想起哈姆雷特的那句话："即使把我放在火柴盒里，我也是无限空间的主宰者。"

2019.6 于心居

关于敦煌的写作

《人类的敦煌》再版序言

世界上有两种写作，一种是你要为它付出，为它呕心沥血，为它抽空了自己；另一种你却从写作中得到收获，你愈写愈充实，甚至会感到自己一时的博大与沉甸甸。这后一种感受分外强烈地体现在我关于敦煌的写作中。

二十世纪九十年代中期，应中央电视台之邀，写一部有关敦煌的史诗性巨片的文学本《人类的敦煌》。大约整整一年，我一边纵入茫茫的戈壁大漠，一边钻进中古时代浩繁的卷帙中。我如入迷途般地身陷在这无边无际的历史文化的空间里，到处是高山峻岭，需要攀登；到处烟雾迷漫，必须破解，而每迈出一步都如同进入一片崭新的天地。渐渐地，我从中整理出五条线索，即中古史、西北少数民族史、丝绸之路史、佛教东渐史和敦煌石窟艺术史。我用这五条史脉编织成这部作品的经纬。于是，这一写作使我的思维所向披靡——真有"所向无空阔"之感，并从中认识到敦煌的人类意义与无上的价值。敦煌文化到底有多大多深，无人能答。反正那些把生命放在莫高窟里的一代代敦煌学者，倾尽终生，每个人最终不过仅仅完成了一小段路程而已。当然，这是一段黄金般的路程。

于是，在写作文本上，我选择了一种散文诗与警句相结合的写法。诗化的叙述便于抒发情感，警句可以提炼思想。电视片的文学本需要两个功能，一是启迪导演，二是具有解说词的性质。这种写法正好可以强化文学本所需要的两个功能。它还是一种升华，即思想与激情在艺术上的升华。这写法可以精辟地表述我的文化发现与文化思考，还有助于呈现迷人的历史气氛与艺术的精神。应该说，是我选择的写法使我在敦煌中恣意遨游——它使我情感澎湃，思维锐利，灵感闪烁，时有所悟，不断地把未知变为所获。因此我开头说，这是一种收获性的写作。

这部电视由于种种缘故，未能成为荧屏影像，但我这文本却在十年中再版四次。我的一些朋友和读者因为它没有成为电视作品而抱憾，我却不以为然。以我与影视打交道的经验，文学变为电视，很可能是对原作的破坏。文学是你想象的仙女，一旦这仙女变成现实站在荧屏上可能会叫你大失所望。故此，在文化艺术出版社决定以一种华美的版本再版这一作品时，我反而庆幸她仍然只是一种文字上美妙的想象。

收入本集的《探访榆林窟》，是我应敦煌研究院之邀所写的另一部电视文学本。文本方式与《人类的敦煌》全然一致。现在收入本书，除去风格完整之外，也使我心目中的姐妹窟——莫高窟和榆林窟，并立一处，相互映照，再加上年青一代的敦煌学者吴健先生美轮美奂的摄影作品，文图互补，是为完美。但愿读者也有同感。倘真的有此同感，我则十分欣然。

　　还需说明的是，在再版此书时，我删去了较早版本的"附录"部分，却保留了初版时的序言，以保存本书独自的历史。在我看来，作家的每一部作品都是一个生命。一旦问世，便有了莫测的命运。有的很早夭折，有的福寿绵长。读者不会感知到，作者却为他所创造的生命忧患不已，并祈望其长存于世，为读者所爱，乃至深爱。

　　是为序。

2006.8

《敦煌痛史》序

　　1996 年我应中央电视台之邀，创作大型电视片的文学剧本《人类的敦煌》。在长达一年半的写作中，我一边沉浸在被敦煌与丝绸之路激扬起的浩荡的情感之中，一边经历了一种异样而强烈的写作感受——即对文化的痛惜。那始自 1900 年灾难性的敦煌百年发现史，其实就是近代中华民族文化命运的浓缩。它戏剧性的坎坎坷坷里，全是历史与时代的重重阴影。我清晰地看到它被紧紧夹在精明的劫夺和无知的践踏之间，难以喘息，无以自拔，充满了无奈。我们谁也帮不上历史的忙！然而，这文化悲剧往往是一个民族文明失落后的必然，而这悲剧还有一种顽固性。如今我们所剩无多的文化遗存，不是依然在被那种"王道士式"的无知所践踏着吗？

　　幸好，从二十世纪初，一代代杰出的知识分子奋力抢救与保护着敦煌。他们虽然不过是一介书生，势单力孤，但是他们单薄的手臂始终拥抱着那些岌岌可危的文化宝藏。他们置世间的享受于身外，守候在文化的周围。不辞劳苦，耗尽终生。他们那种文化的远见，那种文化责任感，那种文化的正气，连同对磨难中文化的痛惜之情，深深地感染着我们！对此我曾在电视文学剧本

《人类的敦煌》中激情地写过。那时，我是想通过电视，广泛传布这种虔敬于文化的精神。

可惜这部电视片历经四年，周折迭出，终未实现，变成了虚幻。终于导演告诉我，他们准备放弃这一拍摄计划。我没有对导演过多地责怪。关于敦煌所有的事，全都要有一种献身般的精神。这可不是所有人都具备的。再说，若要从文化上把握敦煌又谈何容易！然而我心不死，由此反倒生出一个念头，即另写一本书——表达我上述的想法。我想做得像房龙那样，面对广大读者，尤其是青年，写一本敦煌藏经洞的通俗史，把历史的真实明明白白告诉给年青一代。我以为每一代人都有一种责任。那就是把前一代最宝贵的东西传递给后人。对于敦煌的整个历史来说，那就不仅是灿烂的文化本身，还有一百年来中国文化的命运以及知识分子那种神圣的文化情感。故此本书把重点放在这里，因而叫作《敦煌痛史》。

在我动手写这部书时，一位好友李忠武先生参与了进来。当年在我写作《人类的敦煌》时，他帮助我查阅与考证史料。他对敦煌的挚爱以及治学之严谨，令我感动。这次，他不单为本书到处搜寻照片，还为这些照片写了详实的说明。他的工作使本书更加可靠和厚重。

再有便是敦煌研究院的摄影专家吴健先生和上海古籍出版社的学者性编辑府宪展先生，都为本书提供了珍罕的照片。图片是使历史复活的最好方式，它能使书中的一切忽然出现在眼前。它们还会使事物变得更加可感。说到感受——如果读者也能感受到书中刻意表述的那种对文化的疼惜之情，那么本书的写作便抵达目的地了。

2000.5

文藏雅记

《鬼斧神工》序

　　自 2005 年我在天津大学的文学艺术研究院建成，遂将个人数十年的文化收藏渐渐放入学院，建立起一座博物馆，有序展示出来，与人共享，随之就想到编辑一套图集，对这大量藏品进行进一步的学术化的整理。由于个人的性情过于珍惜以往，过于珍视历史的证物，在一些友人看来，我快被自己的藏品和藏书淹没了。现在做起这件整理工作，真浩如一项工程。

　　我说过，人与人有缘分，人与物也有缘分。往往你费力去找一件特别的东西时，殊不知那件东西也在找你，这是所有藏家都有过的感受。为此，我顺从这种感受而收藏，很少为一件东西奔波，苦苦追寻与谋求。我的藏品多是不期而遇，意外邂逅，好似等它自己找上门来。因而说，我算不上一位职业性的藏家。真正的藏家都应倾尽全力于此，并术业有专攻，把一项收藏做到极致。

　　我的收藏太个性化：一是随性，二是唯美，三是重视文化价值。我不大倾心于精英创造或皇家经典，更注重每一件物品在历史生活与文化上的生命意义与见证价值。过往的历史与文化因它的存在而可以触摸。当然，这种见证物应是稀有的、罕见的，甚至是惟一的。这样的遗存更具研究的价值。在收藏界中，这种价值叫作文化价值。

同时，我还特别注重审美的价值。对于我，美是至高无上的；我拒绝不美的事物进入我的世界。

至于它们的经济价值如何，能否增值，等等，我从不关心。价格属于市场，与艺术和文化的本身无关。故而数十年来，我从来不曾卖过一件藏品。只要我喜欢的一定永远放在身边。因此有人笑说我的收藏是"只进不出"，是貔貅式的收藏。

收藏是我生活的一部分。我喜欢收藏的过程，喜欢意外收获时的惊喜，更喜欢在与其相处中对它持久的享受与不断的发现。尤其是发现。每件历史的遗物都是历史生命的一个细节，都隐藏着许多未知的信息，与它背后烟消云散的大片的历史空白息息相关。从中发现它、破解它、认知它是我收藏最大的收获，也是最大的愉悦。数十年中，它们给予我的，一半是极其丰富的美的享受，一半是从书本上无法获得的认知。

真正的藏家是学问家，他们用实物证实和校正知识，用实物钻研学问。世人以为收藏只是一己的雅好，藏家不过是玩家，但你敢和王世襄先生讨论大明的气质与审美吗？他每一句话后边都有一件实物硬邦邦撑着。二十年前我做敦煌研究时，深深体会到长久的历代造像的收藏给我的锤炼，使我进入敦煌这样巨大的佛教艺术宝库时，没有一下子如堕五里雾中。

这套图集按个人藏品的种类与体量分作四集。一曰《鬼斧神

工》，为历代雕塑作品（分作原始社会至宋元、明清）两卷；二曰
《丹青妙手》，为民间绘画一卷；三曰《吉祥年画》，以长江为界，
按产地分作南北两卷；四曰《花样生活》，为民俗文物一卷。我将
这次编写视作一次系统的学术研究。首先，为每一件藏品断代和
确定名称，这是最难的事，也是最关键的事。虽然我们有一些判
定标准，但面对着历史留下来的千形万态的物象时，总显得有限
和无力，许多藏品本身就是个谜。因此，必须抓住每件藏品刨根
问底，直到确定不疑。

这次编写使我受益匪浅。在为每件藏品断代和定名之外，我
还在各集中放入一篇理论性的长文，述及我在历代雕塑、民间绘
画、木版年画和民俗文物等四个方面学理的思考及种种个人的观
点。这四个方面的学问全都涉猎广泛，博大精深，其中不少是学
术的空白。比如乡土雕塑、民间绘画和民俗文物。我发表这些一
己之见，无疑是期望引发共同的探讨。

在甄选藏品时，每取一物，都会所想良多——或是它的珍贵
性与特殊性，或是它无可企及的美，或是当初与其相遇时奇妙的
情景与故事，或是友人携来相赠时切切的表情，或是用心爱的书
画换取这些历史遗物时那份痴迷与执着。这次工作使我再次体验
到个人收藏的初衷：一边感受它们的美、岁月的沧桑、历史的意
蕴，一边进一步地认识它们的文化内涵、价值与独特性。我便以
此为据，从个人的藏品中将其精华苛刻地挑选出来。

我明白，个人力量的有限在收藏上表现得最为鲜明，世上万

物，能藏几何？然而换个角度想，如果这套图集能够充分体现个人的偏爱、眼光和收藏立场，并使读者得到一些新鲜的文化享受与启迪，我则心满意足。

2014.7.18，甲午入伏第一日

金婚有感

《金婚图记》序

很久很久之前有人对我说：

"你见到的长辈们正在经过的事，最终一件件也会发生在你自己身上。"

这话真的很对，一件件全应验了，结婚，生子，搬家，升迁，祸福；然后是儿子结婚生子。再有便是逢五逢十过生日，逢五逢十过结婚纪念日，却不曾想过"金婚"。今天，我和妻子居然迎来了"金婚"的日子。

记得二十世纪八十年代去看冰心老人，那天老人穿一身缎料制的新衣，十分光鲜，满面笑容；屋里放了香气四溢的盆花，还有一幅黄永玉先生赠送的大幅中堂，画着一树红梅，繁花满纸，更添喜气。吴文藻先生也是一身新装，不过式样古板一些。待问方知，原来那天是冰心和吴文藻的金婚。那时不知何为金婚，再问才知金婚是两个人整整半个世纪的携手相伴。那时我还年轻，心想多么遥远漫长的人生之路，多么长久相依为命的夫妻，才能共同迎来金婚？五十年间的朋友可以断断续续、时远时近，五十年的夫妻却需要天天生活在一起。什么力量使他们半个世纪不离不弃？怎么才能真正做到"执子之手，与子偕老"？那次拜访，使我对他们多了一层敬意。这敬意缘自他们彼此忠贞不渝的情感。

有人说这是一种持久的坚守。情感也需要坚守吗？人生的事没有体验不能做出回答。

如今我们也站在人生旅途中"金婚"这个驿站上。

我对自己金婚最鲜明的感觉是惊奇。

我们怎么这么快就到达这里，我们是飞来的吗？如今，我们不是和半个世纪以前一样说说笑笑吗？对生活与艺术的兴趣不是一点未减吗？过去的岁月只不过像堆在了昨天那样——为什么？是因为我们曾经的生活有点残酷而不愿回头，还是我们天性总生活在希望里，所以不太在乎昨天？都不是。

不久前，我刚写过一部非虚构的作品《无路可逃》。我用美国摄影写实主义画家怀斯那种苛刻地追求客观的手法，再现我"文革"经历的情景与心灵的磨难。在写作的过程中，我重返了那个时代的感受——那种岁月永无尽头的漫长。然而今天看来，生活不管在当时多么漫长，过后都会变得十分短暂。因为，人生最终会将其中平庸的日子抽掉，留给你的只是一个生命的梗概而已。

但生命的梗概可不是一串干巴巴的概念。它是活生生沉重的负荷、艰辛、险阻，甚至劫难——我们都尝受过了。只有尝过，经受过，背负过，并一直走到今天，才懂得人生的分量与意义，才知道为什么五十年的婚姻叫作金婚。

金子是炼出来的。然而金婚是怎么炼出来的？

金婚是人生稀有的果实。每一个金婚都是一个奇特的故事。有人问我，会不会把它写下来？我说不会。人生有些事要讲出来，有些事还是放在心里好。然而，我们会用各个时期有特殊意义的照片编一本图集。这是一本私人化的图集。我们只想用它构建自己过往的时光隧道。人只有自己的经历才是真正属于自己的。这样做，为了一种纪念，也是为了一种再现和重温，同时送给自己的亲朋好友看看，共享我们的此时此刻。

我喜欢在人生每一个重要的节点上，过得"深"一些，在记忆中刻下一个印记。让生命多一点纵向的东西，这因为前面还有路要走，可能路还挺长，还有曲折。我们想让未来听取过去的告诫。

是为记。

2016.10.3

时光隧道中的自我追寻

《时光倒流七十年》序

将近七十的时候，我想应该为自己做点什么。写篇深切的文章或画一幅立意独特的画做个纪念吗？

这天，在听鲁宾斯坦弹奏的《帕格尼尼主题狂想曲》，忽然中间那段被用于电影《时光倒流七十年》的音乐给我以强烈的触动。在这个翻天覆地般伤感的旋律里，我真的像被拉进无比深邃空洞的时光隧道里，数不清的往事迎头飞来，鱼贯地撞在我心上，直到最后把我掩埋起来，甚至一时找不到自己了……我的人生竟然如此纷杂繁复吗？

待我平静下来，我决定清理我的人生堆积，从中寻觅出我一路走来的人生轨迹与思想轨迹。

照我看来，人生有三个重要的节点。一是二十岁，一是五十岁，一是七十岁。二十岁后进入社会，五十岁是知天命之年，七十岁明白了天下与自己。

人总是在后程才明白了自己。如果还不明白，那才是白白枉费了一生。所谓要明白的，一是个人的命运，二是个人的本质，三是个人的价值。

看来，我已经把自己作为研究个案了。

于是，我把工作分作两步。第一步是图像化的自传，第二步是文字自传。文字自传更应该是个人的思想史与自我的心灵拷问。

这里——这本图像化的自传，是使用照片和个人文献编辑起来的自我的画传。我在近半年的所有可利用的空隙里，埋头翻阅自己现有的大量的图文资料。没想到做这件事情的感觉竟然神奇无比。我活在过往时光里，早已死去的记忆一个个复活过来，忘却的场景一幕幕重现在眼前，它带来昨日的气息与情感，也提醒我不要忘记曾经的追求与理想。如果说，那次我只是给鲁宾斯坦的琴音诱入时光的隧道，这次我却是一个劲儿地往里钻，似乎要找回七十年来的每一天每件事每个想法。渐渐地，我看清楚自己这条人生江河的主河道。我看见这条河道忽宽忽窄，翻山越岭，才入平原，又遇险滩，甚至曲折迂回，跌入谷底……看清自己原来比看清别人更具个体生命的意义。

现在——我可以回答自己了。

我这部画传，分上下两卷。上卷为人生卷，竖向地线性呈现我人生历程各个阶段，名曰《时光倒流七十年》；下卷为事业卷，名曰《四驾马车》，横向地并列出我所横跨四个领域（文字、绘画、文化遗产保护、教育）的所作所为，现在我仍在这四个领域里"并驾齐驱"。

然而，图像与实物都只是视觉的、静态的和有限的，它虽然鲜活直观，却又只能粗略地勾勒自己；不少至关重要的阶段与细节由于没有图像和文献实证，只好空白；不过没关系，且把这部画传背后丰实的内容和深层的思辨交给我另一部文字的自传吧。

在编完这部书时，我感到满足、平静和清醒。人生可以这样地"走进"时光隧道，却无法使人生重来一次。好在我前边还有一段路，我知道怎么走下去了。

2012.4 于天津

四驾马车

《四驾马车》序

我编这部图集，是想梳理七十年来我都做了什么。

一个人在七十年里能做和所做的事太多太多。这里，只能简明地道来我最重要的、最倾心的四方面：文学、绘画、文化遗产保护和教育。

文学与绘画与我相伴了半个世纪。这两样已成了我的生命方式。从我的生活，到精神、情感乃至感觉，无不带着文学与绘画的特质。

在同一年（1962 年）——那年我二十岁，我发表了第一幅画和第一篇文章。

它们于我不同的是，文学更多社会的内涵，绘画则偏重于个人的心灵生活。我耽于想象，却更偏爱思考，崇尚以思想立，执意于精神至上，对文字的钟情甚于水墨；所以在这部图集中，我把具有思想锐度的文学放在第一位，把性情化的绘画放在第二位。

另两样——文化遗产保护和教育，是我对社会的承担。

前两样是我先天的，后两样是我选择的。

我这代文化人，由于与国家民族的命运纠结太紧，责任意识透入骨子里，完全无须掂量。我投身文化遗产是近二十年的事，进入教育也有十年。

友人问我何以同时横跨四个领域，做四方面事，精力能否达到？我说，就像写文章或作画那样，每写一文或作一图，如果都是全身心地投入，一定都是好文好画。所以我不觉得分心或分力，相反这样却使自己活得更充分和完整。

当然，我也有所牺牲与遗憾，尤其对于绘画与文学。但每个人都会有一种无奈，无奈的原因在自己身上——因为我身上这四样，都与心魂相系，没一样可以放弃与割舍了。

还要再说，这部书只能把我在四个领域的所作所为，及其所思所想，梳理大概，摘其精要，见识自己，也让朋友们明白而已。

2012 年

代序

每个人都按自己的想法盖房子

《上海文学》小说选《归去来》序

近来我们不止一次听到这样的警告，说我们的文学正在忘记人民，至少五分之三的文学步入歧途，并预见人民将冷淡文学，据说这种居高临下的宏论居然使一些人忧虑不安，厌食，失眠。我们不怀疑这种危机感也来自一种真诚。这就更加重这种危机的感染。可是于我俩，经受了文坛多年的一惊一乍，冷风热风猛喝起哄弄浪潮弄加温降温自由和自由化，等等，不幸，对此难为所动。我俩相视而笑，一个燃起一支香烟贪婪吸上两口，一个端起半杯浓茶小抿一下，在灿如夕照的灯光里，翻开《上海文学》收编的这本令人珍爱、聚集许多文学精品的书稿。

这集子收入《上海文学》复刊后至今八年刊载在该刊上曾引起注目的三十三篇小说。看得出，它们都是长时间经受时光淘洗却并未黯淡并未名存实亡的作品，都是符合该刊物一向明确艺术主张的突出工作，其中不少依旧有血有肉有神有魂有呼有吸活在读者心里。这是该刊物值得自豪的成果和收获，也是它们对整个文学活动令人感激的奉献与功绩。虽然这仅仅是新时期文学成就的一小部分，但重重拿它在手时，我们真不知危机在哪里。我们只觉得，这里如果有所谓的冷淡，其实不过是冷淡了曾经长时间违反艺术规律的那些荒谬的文学观念，冷淡了那个貌似惊天动地却干瘪平庸短命无作为的非文学非艺术的时代。

新时期的文学开端是突破禁区。先是突破写真实写悲剧写爱情写人性，随后是突破写军队生活的复杂性写人的本性写性，等等。写作需要突破禁区，原本是文学的悲哀，但对一个特定的反常的历史时期，这一个个勇敢突破禁区的作品的确功勋非凡。人们曾经像赞许英雄一般赞许它们，但它功勋的实质是把非正常的文学转为正常。当代文学史留其名是一种对勇士的纪念，是对一种奇特的文学现象的记载，并不完全是对作品本身艺术价值的确认。这里面恐怕一直存在着误会。误会也是一种障碍，使我们看不见具有革命意义的真正的文学建设在哪里静悄悄地诞生。

可以说伴随着对禁区冲击的同时，一些具有艺术胆识的作家就开始自觉地开拓艺术空间与思考空间。由可见的生活现实深入到不可见的心理现实的深层，由对难解难分的社会问题的关切到民族文化深沉的反思，由观念变革的思辨进而到进行各种试验的艺术探求——这一切，绝不是作家远离生活，而是真正地深入生活；绝不是作家逃避现实，正是现实问题复杂纠缠和历史文化的沉压重负迫使作家思考的触角横竖伸展。为百姓鸣不平伸张正义固然会激起一片震耳欲聋的应答，但不能替代那些挖掘民族文化心理所引起的深沉思索；激扬新生活生发的热情必然使人们受到有益的感染，也不能替代对人的价值、生命本质，以及生存的困境认识带来的一种现代文明所必需的清醒。这样，现成的艺术观念、模式和手法都变成限制，在新的创作冲动面前碍手碍脚；多年不变的审美系统——审美趣味、审美习惯、审美形式、审美方式，都在接受这个变化了的时代的挑战。这是新时期文学必然面貌一新并可能出现奇观的原动力。我们不是总说现实吗？这就是现实。现实不单是开放政策现有体制党委会第三梯队离休退休万元户分房奖金不正之风高干特殊化法制人治文山会海忧国忧民，那些梦想幻觉下意识潜意识啼笑皆非多愁善感古庙新佛荒诞怪诞异想天开随心所欲天外有天奇风异俗七情六欲琴棋书画冬暖夏凉冬凉夏暖也是生活；无处无情无道无理无义无是无非，无处不深藏着历史现实文化民族社会国际，等等，各种问题。由此言之，我们承认文学中需反映现实依然是一条真理。

然而，文学有了如此丰厚的生活恩赐，未必就出现人们所期望的高峰，因此我们特别关切独特性作品。这几年来的文学正是由于在文学观念上不断怀疑不断挑战不断否定不断试验才不断出现具有思想魅力、艺术胆识、勇于独创的作品，文学大潮才一直保持生气和锐气。当然在各种积极试验，拼命确立作家和作品的独特个性中，稚嫩的艰涩的夹生的伪现代派的东施效颦的狐假虎威的穿大褂扎领带的为赋新词强说愁的都免不了，不成功失败冒牌货也常常是多数，这是一个必然的过程，或说过程的必然，不是结果，别误会。鲁迅也是在这种光怪陆离的世界中成熟了自己。一边是各种不谐和音哄然而起，一边是扯着脖子同声大合唱局面的结束，它是否适合个性的文学更充分的发展？艺术上一时找不到度量物，选择只有任由读者们自己。

过去一度文学的选择听命于少数领导者。结果由少数人决定，人们就只有给什么看什么。这种配给制的文学不容人们去选择。其影响至今是仍然有人把某种文学当作主流。新时期文学的多元是适应社会的多元，只有这样的文学才能顺应正变化的读者心理的需要。这也是近两年通俗文学热给我们的启示。当今，把任何一种文学当作主流都会有害文学的全面自由的发展。任何一个作家都可以把自己的主张看得至高无上，但无权把自己的一种文学摆到至高无上。任何作家都可以把自己的作品当作主流，但别人同样也在把自己的作品当作主流。一个时期文学的主流是自然形成自然存在的。不是人为的人造的，不是硬性规定，更不是用政策所能规定的。至于作家的责任感，各有不同的理解，各有不同的表达方式。对社会有一种庄严的责任，对艺术有一种崇高的责任——在这背景下，仗义执言是一种尽责，剪断人们心底古老的锁链是一种尽责，撩拨兴致唤起恻隐推动情感也是一种尽责。无论哪一种文学都可以产生佳作杰作甚至伟大的作品，即令通俗的文学也是一样。把文学的功能简单限制在任何一种理解中，都意味着把一大群读者推出文学门外。硬要作家向某一种文学看齐，都是一种强加于人。创作的选择权在作家那里，对文学的选择权在读者那里。只有把选择权交给读者才是尊重读者。可以为人民代言，却不能代人民选择，否则只能走回单方面供给的老路。单纯的卖方文化必然会使文艺的生产力萎缩。我们有个习惯，似乎没有一种文学为主流的日子就过不下去。一阵子把问题小说当作主流，一阵子把新潮小说当作主流，特别是过去相当长的时期中，许多人还是习惯地将那些具有很强的政治色彩，又为一定政治功能服务的作品当作主流，其结果是老鳏夫似的单调，假阳亢，无血无肉的非艺术，还招来一批又一批赶时髦追浪头赶班机抢车次的仿造品，也使一时不被当作主流的文学感到寂寞冷落而埋怨牢骚委屈不平发火。这还是大一统文艺的劣根。真正自由的文学，是自由创作，自由评论，自由选择，自生自灭，自灭自生，惟有这样死亡的才是真正的死亡，惟有这样存的才能真正留存。因此我们认为，当前这种开放自由多样宽容相互平等的文学不会冷淡相反正是接近了人民。谁也不要再创造什么主流，自管照自己的想法去写吧。当今任何一个有出息的作家绝不会放弃自己。在德国思欧斯特有一所小房子，墙上有个牌子写着："我这是世界上最美丽的房子。一个过路的人说不美。我说，你为什么不在我没盖房子时说？现在就请你走吧！因为所有人都是按照自己的想法盖房子。"我们俩觉得这房子的主人真是很可爱，我们很赞赏他这种态度。还是每个人都按自己的想法盖房子吧！

对新时期文学做出一个重要贡献的是刊物。作家追求个性，有眼光的刊物也追求个性。当前被我们称作"大刊物"的，并非仅仅拿发行量衡量。关键在于它们是否有个性化的办刊主张并能否推出一批体现其主张又受到社会公认的作品。《上海文学》就是其中独树一帜的一家。它的发行量远远抵不上一家平庸的流行刊物，却赢得了作家们另眼相看。几年来他们坚持为探索性试验性独创性作品打场子，助力于作家们的艺术勇气，凭着慧眼发现许多成功之作，不仅获得一个数量可观的读者群，也建设起一个为其撰稿、颇具实力、日见成熟的作家队伍。这本选集便是见证。任何事物的希望在于明天，而《上海文学》的明天更富希望。

1986.11

文章也有生命

《全国一等奖中学生作文选》序

中学时，我也爱写，可是我的作文很少能得到八十分。我总是抱怨语文老师太苛刻。他黑黑的眼睛，目光是硬的；络腮胡子也黑也硬。天天早上他刮胡子，带着发青发亮的下半张脸上课来，晚自习时就黑糊糊一层胡楂；他喜欢用手搓脸，像磨粗砂纸。我每每为了写好一篇作文，要翻许多名家名作，写时还觉得挺像样子，但一交给他——他带棱带角的目光一落到我文章上，他搓脸时，"嚓嚓"一响，我的心便立时没根了。

可是一次我交作文时，忘记把夹在里边的一张纸抽出来，这纸上胡乱写着我和两个同学假日去野外钓鱼时的感受。我记得写了水里的云，鱼漂儿不像在水里，像插在白云里；写了在晨凉中卖鱼虫的老婆婆蹲久了站不起来的样子；写了一条大鱼挣断我的鱼线时凶猛的气势……好像还写了落日怎样把它金色的光衣脱在天上水里，然后钻到地下去。

语文老师居然在这纸块上判了分。我头一次得了一百分，上边还有句评语：

"文章也有生命。"

这句话我当时不懂，许久不懂，如今写了几百万字才懂。懂得什么呢？

首先，文章是你写的，不是你替别人写的。就要写你真正动了心，非写不可的。可是，这时你还要想想，使你动心的这东西别人是否已经写过，如果别人写过，你就不必再写；如果别人没写过，你必须牢牢抓住它。它是你独自心灵的发现。有你心灵所在，文章就有了它生命的根本。

你再想想，一个活生生的生命包括什么？有灵魂、智慧、想象、创造、情感、力量、行为和感觉。单说感觉就很重要。人对于大千世界时时处处在自觉和不自觉的感觉状态中。形体、颜色、光线、气味、声音、质感、重量以及它们的强弱、软硬、粗细、美丑、刚柔、畅滞、明暗，等等，这些感觉的千差万别，构成世间万物与人内心的丰富无穷。然而感觉又是因人而异的。不善于捕捉、挖掘、表现你独特的感觉，你的文章就没有生命鲜活的气息，也就失去你自己的魅力。请你记住，你的文章，只有靠你的魅力。

还有，一个生命的躯体要有骨架、血肉、眼睛、关节和四肢。一篇好文章是否也有它的骨架、四肢、关节、血肉和眼睛？我把这问题留给肯思索的少年朋友们去思索和解答。

文章是最活的东西。一篇一个样，重样没人看。文章有规律，却没有固定的模式。好比大地的构造有规律可循，风景一处一样。江南清丽，塞外雄浑，黄山奇幻，西北苍凉。这区别主要是精神气质迥异。如果把黄山的奇峰挪到戈壁大沙漠，或是把江南水乡搬到大兴安岭，就会失去它的美。别人的眼睛好看，安在自己的眼窝里，连自己的神气都没了。有位书法家学习前人作品时，有条经验很妙。他说："我一向只读帖，不临帖。"这是说对前人作品，只看，反复品味，从不模仿。这是种潜移默化的学习方式。一旦提笔来写，全凭个人的感情与意趣，绝不会露出别人痕迹。写文章的道理也一样，就是：多读多看不模仿。这样文章才有生命。因为生命是自己的。

由此说开去，出版一些中学生的文选，给中学生们读，这做法很好，也包含着一层道理。少年读成人作品，可以提高内心境界和写作修养，但成人作品的内涵，远非社会人生阅历较浅的少年所能尽悟；人生经验和文化修养差距过大，会使少年感到高不可攀，有隔膜。但他们自己的作品，容易相互沟通，便于取长补短，还会起到相互激励的作用。

选辑这本书的两位编者沙衍孙和张淑英同志，一位是多年专门从事少年读物出版的老编辑，一位是经验丰富的记者。前者熟悉少年读者的状况与需求，后者社会信息灵通。他们出于对少年写作人才的挚爱，和对提高社会文化的关切，挤压自己有限的业余时间，义务地承担起这项工程浩繁和实效性很强的工作。所选一百余篇作品，都是近年来全国中学生作文精品。作品遍及神州各地，题材广泛丰富，体裁各样俱全。读了这些充满生气和才气的文章，会对我们下一代人才济济产生一种自豪感。我想，如果全社会都有本书编选者这样的眼光与热心，就会给人才生命创造出最佳的环境。相比之下，我自己为少年们直接所做工作甚少，因而深深负疚，由此还感到，这世上有益的事，若想做，真是做不过来的。

1987.10.30 于天津

中国人丑陋吗？

柏杨《丑陋的中国人》序

人与人确实会擦肩而过，比如我和柏杨先生。

1984年聂华苓和安格尔主持的"爱荷华大学国际写作计划"对我发出邀请，据说与我一同赴美的是诗人徐迟。同时还从台湾邀请了柏杨先生。但我突然出了点意外，没有去成，因之与这二位作家失之交臂，并从此再没见过。人生常常是一次错过便永远错过。

转年聂华苓再发来邀请。令我惊讶的是，在我周游美国到各大学演讲之时，所碰到华人几乎言必称柏杨。其缘故是头一年他在爱荷华大学演讲的题目非常扎眼和刺耳："丑陋的中国人"。一个演讲惹起的波澜居然过了一年也未消去，而且有褒有贬，激烈犹新，可以想见柏杨先生发表这个演讲时，是怎样的振聋发聩，一石撩起千层浪！其实作家就该在褒贬之间才有价值。我找来柏杨先生的讲稿一看，更为头一年的擦肩而过遗憾不已。其缘故，乃是当时我正在写《神鞭》和《三寸金莲》，思考的也是国民性问题。

国民性是文化学最深层的问题之一。国民性所指是国民共有的文化心理。一种文化在人们共同的心理中站住脚，就变得牢固且顽固了。心理往往是不自觉的，所以这也是一种"集体无意识"。对于作家来说，则是一种集体性格。由于作家的天性是批判的，这里所说的国民性自然是国民性的负面，即劣根性。鲁迅先生的重要成就是对中国人国民劣根性的揭示；柏杨先生在《丑陋的中国人》所激烈批评的也是中国人国民性的负面。应该说，他们的方式皆非学者的方式，不是严谨而逻辑的理性剖析，而是凭着作家的敏感与尖锐，随感式却一针见血地刺中国民性格中的痼疾。鲁迅与柏杨的不同是，鲁迅用这种国民集体性格的元素塑造出中国小说人物画廊中前所未有的人物形象——阿Q，遂使这一人物具有深刻又独特的认识价值。当然，鲁迅先生也把这种国民性批判写在他许多杂文中。柏杨则认为杂文更可以像"匕首一样"直插问题的"心脏"——这也是他当年由小说创作转入杂文写作的缘故。故而柏杨没有将国民性写入小说，而是通过杂文的笔法单刀直入地一样样直了了地摆在世人面前。他在写这些文字时，没有遮拦，实话实说，痛快犀利，不加任何修饰，像把一张亮光光的镜子摆在我们面前，让我们把自己看得清清楚楚，哪儿脏哪儿丑，想想该怎么办。

被人指出丑陋之处的滋味并不好受。这使我想起从十九世纪下半期到二十世纪初西方人的"传教士文学"——也就是那时到中国传教来的西方的教士所写的种种见闻与札记。传教士出于对异文化的好奇，热衷于对中国文化形态进行描述。在这之中，对中国人国民性的探索则是其中的热点。被传教士指出的中国人的劣根性是相当复杂的。其中有善意的批评，有文化误解，也有轻蔑和贬损；特别是后者，往往与西方殖民者傲慢的心态切切相关。由于人们对1840年鸦片战争以后那段被屈辱的历史记忆刻骨铭心，所以很少有人直面这些出自西方人笔下的批评。这种传教士文学倒是对西方人自己影响得太深太长，而且一成不变甚至成见地保持在他们的东方观中。这又是另一个需要思辨的话题。

然而我们对自我的批评为什么也不能接受呢？无论是鲁迅先生还是柏杨先生对国民劣根的批评，都不能平心静气以待之。是他们所言荒谬，还是揭疤揭得太狠？不狠不痛，焉能触动。其实任何国家和地域的集体性格中都有劣根。指出劣根，并不等于否定优根，否定一个民族。应该说，揭示劣根，剪除劣根，正是要保存自己民族特有的优良的根性。

还有一个问题值得思考。就是我们对国民的劣根性的反省始自"五四"以来。一方面由于国门打开，中西接触，两种文化不同，便有了比较。比较是方方面面的，自然包括着深层的国民的集体性格。另一方面，由于在中西的碰撞中，中国一直处于弱势。有责任感的知识分子面对这种软弱与无奈，苦苦寻求解脱，一定会反观自己，追究自己之所以不强的深在于自身的缘故。这便从社会观察到文化观察，从体制与观念到国民性，然而从文化视角观察与解析国民性需要非凡的眼光，用批评精神将国民性格的痼疾揭示出来需要勇气。所以我一直钦佩柏杨先生的这种批评精神与勇气。尤其是这个充满自责和自警的题目——丑陋的中国人——多容易被误解呀！但是只要我们在这些激烈的自责中能够体会一位作家对民族的爱意，其所言之"丑陋"便会开始悄悄地转化。

如今，中国社会正以惊人的速度走向繁荣。繁荣带来的自信使我们难免内心膨胀。似乎我们不再需要自省什么"丑陋不丑陋"了。然而一个真正文明的民族，总要不断自我批评和自我完善，不管是穷是富。贫富不是文明的标准。我们希望明天的中国能够无愧地成为未来人类文明的脊梁。那就不要忘记去不断清洗历史留下的那些惰性，不时站在自省的镜子前检点自己，宽容和直面一切批评，并从中清醒地建立起真正而坚实的自信来。

也许为此，柏杨先生这本令人深省的书重新又放在我们的案头。

2008.3.26

忠诚的价值胜过金子

《好狗莱希》中译本代序

人是个体，也是集体中的一员。这样，一方面能获得集体的温暖与个体的自由；另一方面又难免集体中的摩擦冲突与个体的孤独。

孤独是一种享受，因为孤独中可以得到宁静，可以沉思，想象力可以无边无际地蔓延；然而孤独也是一种痛苦，因为孤独中太寂寞，没有慰藉，没有依傍，没有理解，心中的话语无人相告。

俄罗斯作家契诃夫写过一篇小说《苦恼》，描写一个孤苦近于绝望的马车夫，最后只能把心中的话倾诉给他的马，虽然那匹马根本听不懂他的意思，但一旦他吐露出来便得到瞬间的满足了——这使我们懂得善解人意的狗为什么会成为人最密切的伙伴。

狗还勇敢和忠实，它保护主人，忠于职守，不嫌贫爱富，不贪图享受，决不背信弃义和卖主求荣。人往往经不住的诱惑，狗却坚持下来了。狗品常常高于某些人的人品，于是它成为人可以依赖的忠实伴侣。

这样，狗便出现在许多作家的笔下，最著名的是屠格涅夫所写的《木木》，然而埃里克·奈特这本《好狗莱希》则更广泛地打动了西方读者。莱希被贫困的主人卖到他乡，但它一次又一次跑回到清贫却温馨的故居。最后一次，它竟行程数百里，历尽艰险，固执并痴情地返回家园。一个狗的故事被写得如此惊心动魄，是因为它所揭示的是一个人生目标——彻底忠诚！这忠诚的价值犹如金子，放在地球任何地方都会粲然放光。在它周围，一切世道人伦的欺诈、哄骗、私欲和虚伪，都被对比得龌龊和卑小。

埃里克·奈特原是一位报刊记者。他广泛的见识，使他在描写莱希曲折的经历和所遭遇的各色人物时得心应手，他对莱希的描写方式十分有趣：一忽儿他似乎在猜测莱希的心思，从而抓住读者的心理；一忽儿他又赋予莱希一些非常动人的念头，使莱希与读者更接近了。他写得那么恰如其分；既把莱希写得极其善解人意，又不让它太人格化。这样，莱希非凡的经历才真实感人，充满魅力。译者冯宽告诉我，埃里克·奈特死于二战期间。我想，凭着他的想象力，如果他活得长一些，肯定会再写出一些好小说。这种人的早逝永远叫人遗憾。

我读过冯宽的另一本译作《神秘的衣橱》，也是著名的英国少年读物。这本《好狗莱希》与那本书比较起来，文字更加明快顺畅，简洁而有滋味，不知这来自原作，还是译者自己的进步。我希望的当然是后者。我想，如要证实这看法，还要再等待他下一部新的译作。

（此书由美国好莱坞改编为电影《灵犬莱茜》，中央电视台播出。）

1993.10

《收获》的性格

《金收获纪念文丛·大家说收获》序

　　有时，一个信息会惹起一种情怀，比如忽听说《收获》已经五十五岁了。马上想到这里边包含着的历史的悠长与曲折，此刻的情怀也就来得分外深切。

　　《收获》半个多世纪的历史，实际上分成两段，中间被"文革"腰斩两段。我是前一段《收获》痴迷的读者，"文革"后我竟成为《收获》复刊后最初的作者之一。这是我青年时不曾想到的。

　　在作为《收获》的读者时，我只知道它高贵的纯文学的面孔，还有在《收获》里可以读到好小说好文章；后来成为作者时，才体悟到它竟然有一种独自而鲜明的性格。

　　至今清晰记得 1978 年中国社会尚未完全解冻之际，我的中篇小说《铺花的歧路》在北京一家出版社里受阻，搁了浅。一天，一个陌生女子的声音在电话里告诉我，她是《收获》的编辑，叫李小林，听到我的小说受困，表示要支持我，叫我尽快把书稿挂号寄给她看。她的声调很高，年轻，有股子激情——那个解冻时代的文学特有的果敢而真诚的激情。这种激情还颇具冲击性地表现在复刊的《收获》上。不久，我的这部小说便与从维熙那部新时期中篇小说的开山重炮《大墙下的红玉兰》，以及张抗抗呼唤人性的《爱的权利》刊发在同一期刊物上。当时收到的读者来信天天塞满信箱。《收获》在我背上这样有力的一撑一推，使我踏上了当代文学的不归之路。由是而今三十多年来，我把自己在这漫长的文学路上最深的足迹大部分都留在《收获》里了。

当然，不只是我，更有二十世纪后二十年站在《收获》上的一大批杰出的作家。王蒙、张贤亮、路遥、邓友梅、陆文夫、谌容、张洁，等等，还有年轻一些同样杰出的作家贾平凹、铁凝、马原、王安忆、莫言、余华、迟子建、池莉、苏童、叶兆言、王朔、方方、毕飞宇，等等。年轻作家的创造才华把《收获》的活力与魅力带到二十一世纪。

有人说，《收获》是一部简写本的中国当代文学史。从《收获》可以打开当代文学史吗？但要打开当代文学史一定会打开《收获》。

我有时会去重温过往岁月里的《收获》，体验对它的感觉。在我心里，它不仅仅是一份刊物，一份编得很好的刊物，更不是一家老字号的文化企业；半个多世纪来，《收获》从来不缺有眼光、有品位、有发现力的编辑——这不用多说。重要的是它始终站在当代文坛的激流里，把自己化作一个个有思想和艺术作为的作家的"精神空间"。

它始终自觉地把自己与作家、与文学、与时代合为一体。它对文学有承担意识。

因而，《收获》是执着的、不变的、沉静的。

在长期的不间断的交往中，我喜欢与《收获》的编辑讨论我的稿子，他们反对我时从不客气，但他们会同时侧耳倾听我的理由，当我言之有理，他们便转而欣然。我还喜欢李小林直到发稿前还追问某一个用词是否妥当，我喜欢这样的挑剔文字。我更喜欢他们与我思辨一部书稿时所执的思想立场。每逢此刻，我便感受到《收获》不是一家刊物，而是一位朋友。它视野开阔，且具宽广的艺术包容，同时又有原则、有底线、有恪守、有个性，因而有选择。近些年，《收获》多次遇到经济困扰时，从没有"入世随俗"，卖身投靠"市场"，因故始终坚守着自己在文坛纯正的文学期刊标志性的位置。

我想，这一定缘自《收获》的创办人巴金先生。

我曾经写过这样一句话："感谢巴老与冰心的长寿，使我们一代能够真切地感受'五四'活着的生命与灵魂。"巴老以《随想录》把"五四"与当代文学紧紧连成一线，以《收获》把"五四"与当代文学的精神连为一体。这里所说的"五四"便是知识分子的良知、勇气、真诚、道义与责任；这里说的勇气，当然不只是艺术勇气，更重要的是思想勇气。

近十年，我被全球化带来的"文明的困境"拉到写作的边缘。一天，又是听从来自《收获》的意见：为什么不把你在田野大地上的种种发现与感动用散文随笔方式写下来，告诉你的读者？因之才有了近几年在《收获》开辟的"行动散文"的专栏。我用我之所长的文学方式，传播我对中华文明当代困境前沿的感知与思索，同时使我没有疏离了心爱的文学与写作。谁会为一个作家的写作生命着想？

惟有《收获》。

我想，每个与《收获》有交情的作家，都会与这个真正的文学上的朋友一直做伴走下去。

2012.9

为大地上的一段历史送终

关于李楠的摄影作品《中国最后一代小脚女人》

在十二亿中国人举足跨越二十一世纪的门槛之时，谁也不会留意，这中间到底还有几双那种畸形和怪异的小脚。缠足的历史发端于五代，迄今已有千余年；放足的历史始自清末，至今亦已百年。应该说，至迟在二十世纪中期妇女解放的运动中，那种自残性质的裹足习俗就彻底地废弃了。如今缠过足的妇女，都已年过七十。不管千百年来缠足习俗怎样残忍与蛮横，在今天的年青一代看来，都已变得荒诞不经，甚至难以置信！曾经遍及天下的小脚，已然寥落无几，一如雨后残云，只待时代清劲的风不久便把它们干干净净地收拾而去。

毫无疑问，它们已是历史进程中的弃物，谁会再瞧它们一眼呢！

但一位青年摄影家李楠偏偏将摄影机的镜头对准着它，一按快门，把这些几乎被人们忘却的形象，赤裸裸摆在人们面前。然而，这不是出于好奇而猎奇，也不是寻奇作怪，以暴露"隐私"来惊动世人。可是对于当代人来说，猛然间看到李楠这些照片，却都会感到惊异和困惑，这到底是谁的主意，出于什么缘故，究竟用怎样的凶厉的手段，才把女人的双脚伤残至此？这便自然进入一种文化反思。

这恐怕正是李楠想达到的效应。

由于我写过小说《三寸金莲》，曾经引来不少国家的影视人员找我问东问西，却都被我拒绝。我知道他们镜头的兴趣在哪里。对于三寸金莲这种悲剧性文化，或叫作病态文化，我拒绝甚至憎恶任何兴趣的角度，却执意于对它的研究与反思。文化研究是没有禁区的。仅仅情绪化地把它当作一种"国耻"，绝不是对它历史的本质的认识。没有深刻的反省就没有诀别。当李楠决心用他的摄影机来担当起这并不轻松的使命时，便令我着实钦佩了。

摄影有其优势，便是客观和真实的记录。李楠非常明确自己的工作，即抓住行将消亡的最后一代小脚女人的生活，记录下这漫长而苦难的缠足史的最后几页。

我欣赏他采用的手法，没有造作，没有强化，更没有大惊小怪。他如同生活本身那样，不声不响地把这些被人遗忘的小脚女人们独有的生活景象摄入底片。那摇摇摆摆的步行，难堪的负重劳作，伶仃的伫立，还有片刻的歇息……一帧照片使我完全不曾料到她们这样行路——当这些小脚女人行走在沟边时，她们害怕身体不稳会掉进沟去，便两条腿叉开跨在沟上，左一脚右一脚蹬在沟的两边斜坡向前跳动。这个细节真是惊心动魄！她们就这样一代一代生活了一千年？它叫我看到了一千年间压在她们背上的那个病态文化狰狞暴虐的模样！不要以为轻易摆摆手，它就可以知趣地离去。虽说这段历史仿佛一辆大车已经轰然而过，但被它的车轮碾过的生命却依然挣扎着，发出无声而最后的哀叫；这叫声告诉我们什么？

只要细心，从照片上一张张皱纹密布的脸上，都读得出她们终生的艰辛。尤其是李楠追踪拍摄的一位百岁的缠足女人——名叫赵吉英——一生中的最后几年。从种种日常生活细节，直到她故去时直挺挺躺在床板上的凄凉景象，脚上穿着的一双精美的绣花小鞋，作为最终的饰物，也是她一生特有的句号。我还把它看作整个苦难缠足史冰冷的终结。而历史只有在它终结时，才能显现出这种警世意义和千古绝响！

不能叫这残酷而有罪的历史轻易地走掉。这便是李楠自动承担的使命。于是就在小脚即将逝去的一瞬，他以历史和文化的敏感，把它捕捉了。当我们再一次面对这些小脚时，真是浮想联翩，感慨不已。

不要以为中国几千年女子的历史都是缠足史。中国历史上的全盛的汉唐时代，女子并不缠足。单是大唐女子的放达，即使今天亦很难想象。可是那些骑着英俊的胡马招摇过市的女子，怎么到后来被囚徒一般幽禁在高宅深院"大门不出，二门不迈"？那些曾经和胡姬们一起跳着疾如旋风的胡旋舞和胡健舞的劲爽的双足，怎么到后来竟被缠裹成这种丑怪而无力的模样？或说这是为了约束女人的行动，或说是把这秘不示人的小脚改造成变相的性器官，供男人玩弄。其实这一切更深的本质，原都是封建制度的创造。封建制度依靠对人的扼制而维持。它表现在男性所主宰的社会中，便是对女人的专政。这专政的极致则把变态的性心理也参与进去。中国女人的缠足与封建社会的深化同步，也与中国社会的封闭同步。因此，缠足与封闭互为印证，愈演愈厉，高潮都是在明清时代。

反过来看，缠足的终结不正是中国近代文明的起步吗？这近代文明最深刻的表现就是人的解放。近代中国的人的解放是女人开始的，而女性的解放是从脚上开始的。由缠足到放足，从上世纪末开始，跨越了整整一个世纪；但小脚的灭绝还要伸延到下个世纪初。前后差不多需要一个半世纪。这也说明结束一个历史的艰难，尤其是封建社会的历史！且不说，当一个历史时代特有的形态结束后，它的观念与思想还想延绵多久。

从这些历史思考反观李楠这一主题的摄影作品，便更加清晰地看到其中非凡的历史文化价值。在这中间，当然包含着他的发现力，很好的美学素养与高超的拍摄技术，还有一种人道主义精神。在艺术中，人道精神常常转化为感人的力量。它不仅引起我们对上千年阴影重重的妇女命运的深切同情，同时会激发我们注目于那段正在烟消云散的历史，以无情的批判为它送终。

从这些作品中，还可以看到两种具有鲜明时代印记的画面。一种是小脚女人面对时代女性"天足"的无奈表情；一种是时髦的女青年站在小脚女人身边神气十足的样子。一个时代嘲弄一个时代，往往是一种进步，也是一种危险。因为一个荒谬的历史不仅需要嘲弄，更需要追究。出于这一理由，我们和李楠一同正视小脚是为了未来。

二十世纪末于津门

惟我的铁扬

《铁扬画集》序

　　我总会记起前年那次看画时的感觉。在石家庄一天的下午，我们爬上居民区一座小楼的二层。这里便是铁扬的画室。几间小屋深浓地弥漫着油画颜料的气味。在所有艺术家中惟有画家的工作室是芬芳的。各种颜色被性感的调色油沁人心脾地挥发出来，让我觉得连空气都五彩缤纷。我和妻子同昭、李陀坐在高矮不同几张凳子上，等候铁凝从一间储藏室中将一幅幅画双手轻轻拉出来。在父亲铁扬的画前铁凝从来都是虔诚得一如信徒。她每将一幅拉出来，那目光好似期盼我们的一阵震惊。铁扬的目光则是寻求知音。对于任何艺术家来说，知音都是一种至高无上的终生寻觅。然而，此时此刻却不难，铁扬的画很快就成了那个下午大家共同激情谈话的主题。

　　铁扬的画没有任何的惊天动地。没有人为的颠覆性的理念，没有材料的前所未有，没有技术上挖空心思的匪夷所思，也没有刻意的视觉冲击——无论是现代主义者的革命性冲击还是时下流行的商品性冲击。几十年里，他几乎丝毫没有改变自己的绘画对象。他对大自然及与之和谐而厮熟的生活有着不竭的热情乃至激情。寻常的田野和巷陌、平淡无奇的河湾、普普通通的村舍，以及庄稼、云彩、丛林、村女、花果、室内的静物和捉摸不定的光线，构成了他的世界。然而他绝不仅仅是凭着这些画得优美又漂亮的事物赢得我们的惊叹。在那幅令人昂奋的《收玉米》中，打动我们的到底是充满着收割者喜悦欢快的笔触，还是从中迸发的蓬勃而夺目的生命情感？愈是社会化的事物，生命的本色愈被掩盖。惟这些朴素和单纯的事物，才如此真率地呈现着生命之美与力量。于是，我们一下子找到铁扬的绘画的真谛：直面生命。

形象美属于视觉，生命美属于心灵。正因为铁扬从他的绘画对象所获取的不是表面视觉而是内在生命的感受，他才拥有这样持久并新鲜的创作力。

从二十世纪九十年代初铁扬的绘画里，可以清晰地找到一条分界线，把他的艺术分作前后两个时期。

在前期，铁扬基本是具象的。他致力于从景物上去感受和发现生命精神与生命美。这种生命是客观的、独立存在的、被对象化的。

后期的铁扬走进自己的画中。与他面对的景物融为一体。这时，他要表达的已经不只是客观的生命，更是主观的生命与生命的主观。这种转变是渐进而清晰的。一些时候，他那些主题性的系列作品（如炕的系列、馒头祭系列、女人与河系列等），似乎还兼顾着绘画对象的生命感。另一些时候，比如《太行山》和《打莜麦》等，那些大块的情绪性斑斓的色彩和雄健的笔触，已经完全挣开物象的束缚，随心所欲地宣泄自己。此刻，所有色彩与笔触全然顺从乃至皈依他主观的真实。于是他画布上的逻辑与结构变了，他在塑造本人生命的形态；调色板上颜色的序列变了，他在心灵中调色。铁扬个性的魅力也就凸现出来。艺术家的一生总是先去努力克服别人的影响，然后一层层地咬破自制的茧套从中爬出来——艺术家所有的成功其实不也是一种自我束缚吗？铁扬最终蜕去的是一切人为的——无论是别人还是自我的捆绑；达到的是一种艺术与生命合二为一的自由。他让我们看到的是画家本人的生命气质和生命理想。那就是大气磅礴中的宁静，野性里的柔和，率意中的精当，阳刚之气以及澎湃不已的生命激情。

他的色彩也正是转化为这种主观的颜色时，才焕发出他独有的性灵的沉雄与炽烈。

此刻的铁扬正处在自己的黄金期。

当代中国油画一直被两种趋时的潮流所统治。前一个潮流是来自苏俄的模式化的现实主义，后一个潮流是时下所风靡的对西方现代主义顶礼膜拜般地仿效乃至克隆。这两个潮流都具有霸权的意味。至今令我不解的是，我们为什么这么崇拜潮流？甚至把潮流当作主流。潮流之外，皆是另类，不能入典，没有驻足之地。大量的弄潮儿便在这翻滚的潮流中明明灭灭，稍纵即逝。可是，艺术史从来不使用流行的尺度。为此，往往一些大师在远离尘嚣的寂寞中坚实地站住了脚跟。比如林风眠。铁扬也不属于这两个大潮中的任何一员。他身在燕赵腹地，终日与大地山川、乡土人文厮守一处。他从不厌倦这些司空见惯而耳熟能详的风物，相反与它们做着日见深邃的生命交流。他心知时之所尚，偏不趋同入时。也许有人说，在他的画里可以寻到一点关于马蒂斯、塞尚、列维坦或者传统水墨画什么联系，但对于一位已经完美地自我完成的艺术家来说，这些都毫不重要了。

　　当代的中国画坛常常把"当代"与"现代"的概念混淆。"当代"是指我们所处的时代。"现代"则有特定的文化含义。它似乎是现代主义这个概念的简称。在中国，现代主义艺术家喜欢把当代称作现代，把现代单一地注释为现代主义。这是一种偏激与偏见。它狭义了时代，也局限了当代的中国绘画。然而，总有一些艺术家是不肯附庸于潮流的。他们自信，甚至惟我。惟我需要彻头彻尾的自信。艺术史告诉我们，艺术家在相同的道路上一同失败，在不同的道路上各自成功。从这个意义上说，铁扬的绘画在当代画坛应该享有重要的位置并被我们着意地去关注。

2004.3

平凡至极是神奇

《陈建中画集》序

　　我们终日被层层包围在商业文化的声光化电中，被骚扰，被引诱，被刺激，我们兴奋、忙乱、喧嚣、躁动。可是当我们面对陈建中先生的绘画时，便会风平浪静一般静下心来，好像进入了一个奇异的世界——这里没有人，却有生活；既陌生又熟悉，既遥远又近切；没有动态的事物，一切全都静止；万籁无声，连微微的风声也没有。一缕一缕阳光从这里或那里照进来……然后是影子。这使我想起自己写过的一句话：

　　陪伴光的总是它的影子。

　　这是我在巴黎蒙马特山上那个著名的画家聚集地——洗衣船中，第一次看到陈建中作品时的感受。这感受如同一张无形的过滤网，从上到下，把我整个身体与内心全都除尘和净化了。我感受到画家一种震动人心的非凡气质。

　　重要的是，这一切不是臆造与虚构出来的，而是从现实世界中发现到的。在陈建中的画中没有一般意义的赏心悦目的美景乃至胜景，大多是被遗忘了的角落。比如一小块阳光或一片残雪，敞开的窗与锁着的门，木板下的草和栏板缝隙中钻出的叶子，大片的原野以及无穷的天空……他笔下的风景都是过于普通而被我们"视而不见"的。比如水渠、湖面、丛林、村路、山坡、堤岸和布满光与影的巷陌；他那些最具代表性的"城市的角落"，更是谁也不去留意的生活细部。比如楼角、台阶、布幔、栏杆、烟突、地面、水管和窗台，等等，这些从来不曾入画的寻常事物，在他的画布上却发生了神奇的魅力。它强烈地吸引着我们的目光，必须专注于它们。是由于这些描绘对象太出乎我们的意料，还是他画得实在过于真切？不知道。反正这些画让我们的视点从光怪陆离的现实世界离开，回归到生活最朴素、最单纯的层面上，享受着一种彻底的沉静与平和。

他使用写实的手法，但没有现实主义绘画那种主题性的人为的内容；他很像超自然主义的作品，却不只是满足视觉，不是刻意逼迫欣赏者的表情露出惊讶。陈建中的画具有心灵的意义。他使我们皈依平淡，一任自然和没有欲求。这叫我想起倪瓒特有的那种冲淡与安适。这是一种久违了的中国文人画的意境和追求吗？看来，那种不苟和时尚的艺术思想在当今的商品世界中反倒是一种更强的精神逆反了。

当然，陈建中没有去想倪瓒或石涛，也没像古代文人画那样去构造理想主义的超凡绝俗的世外景象。他只是把我们在现实中不曾留意的、忽略的，甚至忘却了的事物一样一样逼真地放在画布上。

在商品世界中，人们目光的焦点是跳跃式的，从商家们制造的一个卖点跳到另一个卖点上。我们已经渐渐地顺从了商品世界的规律。但陈建中不是把我们的目光转移到另一种兴奋点上，而是把这些没有任何商品意义和观赏价值的事物搬到我们面前，通过美的魔法让我们好奇，关注，体验，然后是享受。享受平淡，享受朴素的生活本质。进而，在享受画面时也享受自己。通过这些被遗忘的生活空间，唤醒和复活了我们自己的被遗忘的心灵空间，并展示了这空间的纯净与辽阔。这便是陈建中绘画的意义。

他的绘画另一个意义，是将这种非观赏性的事物审美化。

从专业的角度，我们会把这一问题归结到艺术乃至技术上。诸如构图、色彩，乃至笔法。他在结构上往往简单到只有两三个平面的交错，这就使画面之单纯到达一种极致。但这种单纯不是空洞无物。他刻画事物质感及其细节的能力，又把技术的复杂性与难度提高到另一种极致。比如他平涂的油彩能够将粗砂或细砂墙面的质感真切又奇妙地表现出来。这样，他将艺术的两极——简洁与复杂，概括与精微，全都占有了，而且融为一体。这种看似简而又简的画面，便有了一种颇耐咀嚼的魅力。

我注意到他热衷于刻画事物的时间内涵。无论是划痕、锈迹、剥蚀、龟裂、残缺、风化、磨损，还是污染与褪色，全都是留在历久的时间里的人文印记。于是事物就有了经历乃至命运感。一种淡淡的感物伤时的情绪，从他的画中飘散出来，此中还有一种无言的寂寞与孤单。它们正好都是这些被遗忘的事物所固有的。至于他的风景，同样的简约与单纯，绝非游赏之地，而是心灵的安顿之处。于是这些草木、河湾、湖面和大片大片绿色或黄色的麦地，一律是舒展的、松弛的、默然和含蓄的。当画家与他的描绘对象"物我合一"时，一切艺术形象都有了灵性；当我们确信"画家所描绘的其实都是他们自己"时，这些画面便有了个性的美。

从艺术上看，陈建中创造了一个世界；从精神上看，他发现了一个世界。

人类的艺术进入二十世纪后半叶，始入艰难时期。一切题材和手法似乎都被艺术家用尽，从古典到现代，从具体到抽象。古来的大师几乎把所有的艺术领地全部占满。于是人们只好走向极端，自寻出路。有的视"观念"为救命稻草，用工程性的装置代替心灵的器具——手；有的则在技术上钻牛角尖，以带有发明色彩的技术效应炫人耳目。而市场所需要的正是这种表面上的标新立异。其实，艺术家的成就，最终要看的不是他的风格与面貌，而是看他是否创造了一个新的世界。这个世界首先是独自的精神与生命，然后是个性的审美。这似乎愈来愈难。

陈建中的价值，是他既非寻奇作怪以惊世人，亦非雕虫小技投机取巧。而是从生活的本质发现出一片天地。他让我们从这平凡到近于至极中看到神奇，从无所不在的、看似毫无意义的事物上享受到美，给我们的心以明澈的宁静与暖意的安慰。许多巴黎人都说："看过陈建中的画，忽然发现身边到处都很美。"他在前人创造的美的边界之外找到了美，他开拓了一个美的空间。他从

"现世"中发现并创造出一个"世外"。这正是一个大画家必须做到的。

我把这一切都认定是陈建中非凡的气质使然。尤其在巴黎那个世界性魔术般的视觉舞台，他没有眼花缭乱，追逐潮流或任何人，而是坚定地让艺术服从自己。这种坚定充分地呈现在他画中的沉静、缄默、稳定、坚实与自信之中。陈建中告诉我们：

艺术家——

在相同的道路上一同毁灭，

在不同的道路上各自成功。

陈建中的新画集即将在巴黎出版，驰电嘱我作序。我自信是他的知己，却不知这些话他以为然否。

是为序。

2004.10.18

神笔天书

韩美林书法集《天书》序

　　当我们的手捧到韩美林这部书法巨作《天书》时，一件中国书法史和艺术史前所未有的作品即已问世。我深知这部作品在书法、绘画、文化以及文字史等诸多领域的非凡价值，故而在美林长达一两年的创作期间，不断地探询他的进度与状态。每次他都给我以振奋。或是大声说："已经一半了，特棒！"或是："马上完工，等着来剪彩吧！"

　　究竟怎样一部作品使我如此期待？打开手中这部书吧。成千上万、千姿百态的古文字喷发而出，然而细看，却没有一个字能够识得。它们古怪、奥秘、奇幻甚至诡谲，这是韩美林的随心所欲臆造吗？当然不是。它们全都是我们祖先用心创造并使用过的！而且至今还保存在那些上古的陶片、竹简、木牍、甲骨、岩画、石刻和种种钟鼎彝器的铭文中。它们或许是秦代李斯用小篆统一文字之前某些文字的异体字，或许只是先人标记某些事物的记号，但其中真正的含义早已被历史忘得干干净净。

　　人类初期的文字史错综复杂，变化多端，甚至无章可循。在公认的文字符号没有确定之前，所有文字都是飘忽不定的。一个概念或一件事物，可能有五种六种八种十种写法，而许多写法渐渐被废弃了，今天的人根本无法读懂。诸如苏美尔城乌克鲁遗址中写满楔形文字的泥板、埃及神庙里刻着大片大片象形文字的石柱，还有克里特岛的腓斯特斯泥盘以及玛雅的石刻中，也处处可见这种遥远而艰涩的符号，每一个符号都是一个谜。可是美林却从这迷雾里感受到一片恢宏又神奇的充满"古文化感觉"的世界，并一头栽进去，如醉如痴地深陷其中。

人类文明的旭日是文字的诞生。自从人类使用文字来记录和记忆，文明便走向精致与深入并有了积累。远古人究竟是怎样想到使用文字符号的，真是匪夷所思；更令人惊讶的是，地球上所有大文明的发源地，几乎在同一个时期——六千年前出现了文字！故此说，汉字绝不是黄帝和吏官仓颉个人之所创。它是人类史一次文明的飞跃！

在汉字产生的初始时期，人们自发地创造文字，任凭想象，无拘无束，自由发挥，但这个时代到了秦王朝统一中国后便被终结了。秦始皇一统天下至关重要的三个"宏图大略"都是丞相李斯的主意。一是军事上对诸侯列国的"各个击破"，一是思想上的焚书，一是统一文字。前两个主意出于政治的需要，而后一个主意——统一文字对于中华文明却是一个伟大的贡献。

中国疆域辽阔，地域多样，各地的南腔北调有碍沟通，惟有文字可以畅通无阻，但这种文字必须是经过标准化和格式化的。

因此说，秦王朝统一文字有助于中华文化的整体化。但那些被割除在外的大量的文字符号，从此弃而不用，被人忘却，失落在历史的尘埃里。所以，在后世的书法艺术中它们再也没有露过面。

这些古文字，在常人眼里是一些晦涩的艰深的怪异的冷冰冰的符号，在韩美林眼里却是有情感的有表情的活着的生命。于是，关切、钻研、体验这些失忆的古文字并为其"招魂"便成了美林艺术生涯一部分重要的内容。有谁知道，在美林完成这件《天书》之前，对古文字的搜集长达三十年。从大量的古陶上、铜器里、碑文与考古报告中，被美林搜罗到的古文字竟达三万之多！如今，这些古文字都在这部《天书》中活蹦乱跳、千姿万态地展现出来。

艺术史上有人提出过"书画同源"，有人提出"字画同源"吗？

"书画同源"是画家的主张，"字画同源"却是文字史的一个事实。

远古人在记录一种事物，首先是图其形。最早的文字是图像化的，最早的绘画是具有文字意义的。人类最初的文字不都是象形文字吗？汉字也是一样。虽然以后经历不断的演化，但这种方块里千变万化的汉字至今仍具有可视的绘画基因，这也是汉字能转化为其独有的书法艺术的根本缘故。于是，"字画同源"就成了美林这部《天书》的历史由来与文化依据了。

然而，美林不是将这些被遗忘的古文字重新书写出来，而是将他个人的性灵投入其中，透过漫长岁月的重峦叠嶂，去聆听与叩问古人最初的所思所想，以及原发的想象和创造的自由。尽管他也不能破译每个古文字的本意——他也并不想做那些执着的古文字学者的事。他凭着艺术家特有的感觉去心领神会人类初始的精神与美感。

当然，其中还有鲜明的韩氏的艺术美。

这种美来自他的气质。凝重、雄劲、率真、自由和不竭的激情。他的天性气质与古文字原有的气质是不是有些相近和相通？反正我已经说不好到底是古文字对他影响得多，还是他的艺术个性参与得多。

作为画家美林的书法，更具有绘画感。当他把文字学意义的古文字转化为书法艺术的"天书"时，他的审美品位、对形象的敏感，以及视觉形式上无穷的创造力自然而然地融入其中。

他旗帜鲜明地将绘画介入书法，从而使书法更具视觉美和形式感，更具画意。如果没有韩美林这样的若有神助的画家，何来神奇美妙的"天书"？

《天书》是一部文字学的大书。美林首次收集了远古时代失散于各处的古文字，并诉诸书法。这使得《天书》首先是一部古文字的图录。它书录的古文字超越万字。洋洋大观地展示华夏先民无穷的文化创造力。美林好似把我们带到五千年中华文明的源头。站在此处，放眼一看，千千万万形形色色的古文字，如大海浪花，闪烁无涯。

《天书》又是一部特立独行、无限美妙的书法巨作。是艺术家的爱意使这些在历史中几乎死去的古文字符号一个个复活过来；它们，既陌生又熟悉，既神秘又亲切，既深奥又贴近，既奇特又美丽。经他挥洒，获得了美的再生。

我相信《天书》是韩美林一部重要的作品。不仅因为它在文字史、书法史、文化史中的价值，还因为这是美林倾尽一生的心血的终极成果。

它的意义究竟多大？

老天生了一个美林，美林生了这部《天书》。

2006.11.12

范曾《十翼童心》序

阳春一日，范曾托人送来一包打印好的画稿，附信一纸，嘱我为他这些即将付梓的新作写篇短序。

在明澈的春光里，随手掀动画页，眸子灿然一亮，图画岂能令我耀目？它们皆是些斗方扇面，信笔勾画，不着颜色，甚至只用一支笔，一色墨，画罢便题；随手更随心，浪漫且自由。看似小品，实为精品。大文人的性灵之作，都是这样不经意地流露出来的。吴门文沈，清初四僧，扬州八怪，莫不如是。

然而，这些新作中的性灵，又因何这般别样的清醇和透亮？此时我注意到他自题的画名：十翼童心。"童心"二字，对于我辈已构成内心深处的触动。它是一种生命的怀旧，还是心性的回归？

这使我想起，当年范曾卖画捐建南开大学东方艺术系大楼时的种种情景。那时他心高气盛，血气偾张，故而才有一时期笔下的人物全都桀骜不驯，仰面朝天，仿佛画幅太小，急欲脱纸而出，独立于天地之间。

一个真正优秀的画家是能从画中看到他本人的。他就站在他的画的后边。因之，范曾的新作是对他当今的自己最好的解读。他已经离开昔时巨浪翻涌的中流，尽享长江大河的下游那种特有的平和与宁静了。

今日的范曾，绘画的语言少做刻画，多为抒写；结构不谋严谨，但求疏朗；形象摒弃一切雕饰，崇尚简约与神足；他那种惟范氏独有的线条，不再着意于跌宕遒劲，力透纸背，而是任其如行云流水般的飘逸与放达。由这不多的小品，可以看到范曾已步入一个新的境界：返璞归真，信手由性，一任自然。我喜欢当年的范曾，更喜欢今日的范曾；这是艺术的范曾，更是人生的范曾。因为，艺术就像人生一样，最终要找到的，其实就是生命的本真，亦即童心是也。

范曾读到此处，不知以为然否？

　　　　　　　　丁亥三月写于海棠繁盛问湖轩前

儒雅最是步武君

《任步武书法作品集》序

　　壬申夏日，文怀沙先生对我说，他要请一位书法大家，书写拙作小说《三寸金莲》。文老对我垂爱至深，自不待言。但书家绝非抄工，谁肯书写洋洋乎十万字一部小说？然天下奇事由此而出，神州奇人因此而识，这便是身在西北一隅之任步武君。

　　最初长长一段时间，我与步武君只在电话中交往。未睹其容，但谙其声。可是以我写作人的职业本能，从言语之间，声调之中，却分明感受到步武君乃一谦谦儒士，逊和冲淡，诚挚恳切，庄重不阿，还带着大地深处的人们那种纯朴厚道。他在书写拙作之前，居然先试写了数页寄给我，问我是否合意。此时，步武君在全国书法比赛已荣膺榜首，谦恭如是，足见其人。而寄来的作品令我惊愕不已，既精整挺劲，又神俊秀逸，若称当世顶上，绝不为过也。倘以这样的楷书来书写一部小说，将是怎样一部皇皇然的书法巨制？而在漫长的书写期间，他又将以怎样的功力与毅力把这件事由始至终一贯到底？

　　此间，自电话中得知，他天天晨起，散步舞剑，待到心情畅好，写上一小时；午睡醒来，精力充足，再写一小时。每日两小时，书写五百字。书写之时，自闭屋中，拒来访者于门外，以保持情绪镇定，不躁不滞，自在自若，舒展如云，流泻若水，光华通透，澄澈万里。

步武君书此全书，用时八个月。始于冬，终于秋，历经四季。楷书务求精湛，笔墨敏感超常。西北天燥，锋毫易干；暑日冬炉，砚墨易稠。所幸步武君有数十年日课积养之功力，足以克制四时的变化，避免间断，一气呵成。炎威盛夏，背心短裤，赤膊上阵；凛冽严冬，脚着绒鞋，身穿棉衣，惟脱却右臂的衣袖，以利运笔自如。其时其态，极是迷人！

转年癸酉深秋之日，步武君携此一箱书法巨作，奔至京都。在文老寓所展示开来，浩荡十万字，竟似一日书。由首至尾，笔调如一，行气流畅，连绵不断；有如江河，一泻千里，源自高山，放乎大海，原来书法——特别是小楷——也能造就出这样的汪洋恣肆之奇观！我感慨地对步武君说："这哪里是我的《三寸金莲》，分明是你笔下的《三寸金莲》啊！"

步武君忙对我举着双手，使劲摇摆，面红耳赤，直到耳根；而且笨口拙舌，不知说什么才好。这便是我初见步武君留下的最生动、也是最本色的印象了。

书写小说与书写诗词不同。后者可以放入书家的情致，字态全然随同心态；前者则不能因情节而改变笔调与字形。但是，书家与抄工的不同在于，抄工只是书写文字符号，书家却要表现自己对书写对象内在精神的整体把握。步武君说，他想把小说深层的文化意蕴，及对中国文化所持的严肃而冷峻的批评态度，贯注到他这部书法作品的整体风格中去。故其此作，严正整饬，雍容大气；兼又清灵文雅，含蓄隽永。书法最难的，是显示出很高的文化品位；楷书最难的，是处处闪烁着灵气。因故，庄重不掩其才情，超逸不失其法度。而字字意饱神足，笔笔精到，点如朝露，捺如春草，钩如秋棘，横竖全是情感的枝条。这般书法，凡十万字，其无上之珍贵尚且不说，天下何处还有第二？

丁丑年天津举办首届中国书法节。步武君及其夫人之作品双双入选参展。他们专程来津，也为了与我相见。开幕那日，我主持大会，在拥塞的人群中见到步武夫妇，匆忙间我告他晚间打电话到我家中，以便约见。但过后竟渺无讯息，亦不知他下榻何处。几天后，终于打听到消息，却知他患病已然返回陕西。我马上驰电到步武君家中，问他："为什么患病不告诉我，我会马上找个医生呀。"他忙说："不要紧。我已经好了。我正是看你实在太忙，才不敢打扰你。"

这话使我又感动，又遗憾，失去了与步武君一次畅聚良机。然而这正是步武君的其人其事也。凡事合度，退己宜人——惟其这般，才有那样儒雅清隽之书法！

步武君即将出版大作，嘱我作序，因记一段与君交谊中一些小事。人如其书，书如其人，人书合一，是为上品。

戊寅年大暑日于津门俯仰堂

《霓裳集》序

古来图赞淑女者多矣。或颂其节操贞烈，或褒其天资聪慧，品端貌美。若论画艺，唐之周昉张萱已臻极顶。由是而降，明清间仕女画步入鼎盛，蔚为一大画科，各类画谱画稿层出不穷，其中不乏佳作。

同昭昔日与吾同窗习画。吾工山水，同昭擅长花鸟人物；曾于三十年前见此古画稿数十帧，皆为散页，既无署名，也无款识，不知出处，却爱其人物姣好灵动，运笔娟秀清劲，遂用心摹之，颇得神髓。立笔竖毫，如锥划沙，驰腕运锋，似风拂水。虽是摹古，亦白描人物之精品。然当年以画为业，未将此摹本视为珍罕。谁想经历"文革"及地震，原件已佚，此摹本竟是劫后仅存，堪为宝也。因之刊印若干，以赠友人，并纪念以往，回味昔时苦乐参半之丹青生涯也。

为彰显画意，绽露内蕴，专予每幅画稿配以历代诗词名句。如此文图相映，足以表达对往日心血的爱惜。出版在即，撰此短章，是为记焉。

丙戌秋深冯骥才谨识于沽上醒夜轩

当代知识分子的文化良心录

阮仪三《护城纪实》序

　　如果你对现代化狂潮中正在毁灭的城市文化遗产感到忧虑、焦急和愤懑，却又无奈，那就请打开阮仪三教授这本书吧！你会在峥嵘的云隙里看到一道夺目的光明，或者感受到一阵浇开心头块垒的痛快的疾雨。

　　此刻，我在维也纳。我接受朋友的建议，刚刚跑一趟捷克回来。捷克令人欢欣鼓舞。布拉格的确如歌德所说是"欧洲最美丽的城市"之一。整个城市像一座人文图书馆和历史画册。走在那条著名的石块铺成的、年深日久、坑坑洼洼的皇帝路上，我忽然想到，在二十世纪九十年代的巨变之后，从俄罗斯到东欧诸国都进入了经济开放与开发的时代，但是他们并没有急于改天换地，没有推倒老屋和铲去古街，没有吵着喊着"让城市亮起来"；相反，他们精心对待这些年久失修、几乎被忘却的历史遗存。一点点把它们从岁月的尘埃里整理出来。联想到前两年在柏林，我参观过一个专事修复原东德地区历史街区的组织，名字叫"小心翼翼地修改城市"，单是这名字就包含着一种对历史文化遗产的无上的虔敬。于是，从圣彼得堡到柏林、华沙、布拉格和卡洛维发利，都已经重新焕发了历史文化的光彩，并成为当今世界与巴黎、伦敦、威尼斯一样重要的文化名城……在从布拉格回到维也纳的路上，我暗自神伤，彷徨不已，因为我想到了我们的城市，我们的古城正在迅速地变为新城！我的心情糟糕至极。但到了居所，一包书稿在等候我——就是这部《护城纪实》。我捧着书稿竟一口气读到结尾。一下子，心中的郁闷被它扫荡一空。

过去，我只知道阮仪三教授是保护平遥的英雄，是拯救江南六镇的"恩人"。从本书中得以知之他二十年来为守住中华各地风情各异的古城古镇和山川胜迹，所进行的一连串非凡的"战斗"。并且知道，那么多历史遗存今日犹在，竟是他直接奋斗的结果；那么多历史遗存不幸消匿，也曾留下他竭力相争的痕迹。

在这本书中，阮仪三教授采用纯纪实的手法。他不从事文学，没有对每个事件的环境、人物、语言细致地描述。我们却能从中读出他的立场、性格、语气与心情。感受到他对民族文化遗产的挚爱与焦虑，他不妥协的精神，他奋争到底的作风，还有他的知识品格与人品，并为之感动！

我国真正现代意义的知识分子始于清末民初。自始，他们就表现出强烈的社会良心（一称社会责任感）。这社会良心自然包括着文化良心。1908 年，一批史学界人士救火一般抢救敦煌藏经洞的遗书，便吹响了文化良心的号角。一百年来，他们为保卫优秀的中华文化倾尽全力，呕心沥血，而且薪火相传，直抵今日。从罗振玉、陈寅恪、马寅初、梁思成，到今天的阮仪三教授等人，他们一直信奉知识的真理性，坚守着知识的纯洁与贞操，并深信放弃知识就是抛弃良心。由于有这样的知识分子，衡量社会的是非才有一条客观的标准，文明传统才能延续不息，知识界才一直拥有一条骨气昂然的精神的脊梁。

而且，阮仪三教授不仅仅大声疾呼，更只身插入具体的矛盾中，以学识匡正谬误，以行动解决问题。我一向遵从"行动的知识分子"的概念。像他这样的知识分子就尤为可贵。

在当前城市文化保卫战中，实际上建筑界的知识分子一直站在最前沿。他们是城市规划和建筑设计的实施者，又是决策的参谋。城市的历史文化遗存也在他们的手中。故而，是趋炎附势而升官发财，还是坚持知识的良心，这是一个重要的选择。但选择是需要付出代价的。在本书中，他提到香港著名建筑师陈籍刚先生退出有害于福州历史街区"三坊七巷"的设计，很令人深思，给人以教益。故而，阮仪三在这本书中告诉给我们的远远超出这本书的本身了。

阮仪三教授是我国著名的建筑师和规划师。本书既是他专业之外的一部著作，更是他专业之内一部罕见的作品。在书中，他着力表述自己对当代重大文化问题的思考与立场，以及为这些思想付出的一切。因此说，这是一部具有时代性和思想性的大作品，是当代中国知识分子的一部良心录。在功名利禄迷乱人心的今天，这部作品必有振聋发聩、唤醒良知的力量。

此书付梓在即，阮仪三教授寄来书稿，嘱我撰文助兴。我出于对他学识与人品的钦佩，欣然承命，并有感而发；思为笔，情为墨，且为序。

2003.6.12 于维也纳

沉默的脊梁

《中国民间文化守望者》序

 人身上最承重的是脊梁。但脊梁隐藏在后背里看不见。它终日坚韧地弯成弓状，默默地承受着背上沉重的压力。有时，在过重的负担下脊骨会发出咯吱一响。可是只要脊梁不断，便会把任何超负荷的重量扛住。从来没有一个人的脊梁是被压断的。

 本图集的人物全是这样。它们是民族文化事业的脊梁。当全球化的飓风把我们的文化遗产吹得纷飞欲散之时，这些人毅然用身体顶上去。他们不在世人们关注的范围内，故而既没有迎面送上来的香喷喷的花束，也没有频频的雪亮的曝光。他们远离繁华闹市，身在荒野或大山之间，孤立无援，形影相吊，财力微薄，却倾尽个人之所有，十数年乃至数十年如一日，为民族抢救和守候住一份实实在在的灿烂的遗产。如果没有他们，明日的中华文化版图将会出现许多永无弥补的空白。

 他们以舍我其谁的精神，把整个民族的文化使命放在自己背上。他们是用身体做围栏，保护着我们的精神家园。这种行为有如文化的清教徒。所以他们不求闻达，含辛茹苦，坚忍不拔，默默劳作。然而，今天我们把他们推到社会的台前，不只是为他们鸣冤叫屈，呼唤公平，而是张扬一种为思想而活着的活法，一种对文化的无上尊崇的感情，一种被浅薄的商业化打入冷宫的高贵的奉献精神与使命感。

本图集中这些当之无愧的文化守望者，有的与我早早相识，一直是我钦敬的朋友；也有的东西南北各在一方，心仪已久，却无缘相见。不管对他们知之或深或浅，这次仔细读了他们的事迹，仍为他们非凡的文化行为和卓然的业绩深深打动。由此深信在我国首次文化遗产日里，他们将以强大的感召力和人格魅力，呼唤出更多的文化良心与文化情怀。

由于民间文化守望者都是沉默的行动者，我们知之不多，挂一漏百，在所难免。故此，深望本图集将引起社会关注这真正的精神一族和文化一族，让整个社会都能感到脊梁在为我们负重和使劲，并促使各种力量汇集到民族精神的脊梁中来。

2006.5 于天津

留下长江的人

郑云峰《永远的三峡》序

很少一位摄影家能够如此强烈地震撼我。为此，在他这些惊世之作出版之际，我要为他写一些动心的话。

一

当我们选择了长江截流而从中获得巨大的生活之必需，是否想到因此失去了这条波涛万里的大江，从此与养育了我们至少七千年的母亲河挥手告别。我们失去的不只是它绝无仅有、风情万种的景观，承载着无数的瑰奇而迷人传说的山山水水，永不复生的古迹，以及它对我们母亲般亲切无间的关爱。我们正在把它七千年的历史全部沉入一百多米的水底。我曾想过，如果美国人失去密西西比河，俄国人失去伏尔加河，法国人失去塞纳河，他们会怎么样？是的，我们将把大江无可比拟的动力转化为用之不竭的电力；我们再不会恐惧恣肆的洪水带来的无边的灾难。可是我们同时失去了长江！有时，我怨怪知识界的麻木不仁，没有反应。我们的历史精神与文化精神究竟在哪里？我们的民族失掉如此博大与深刻的一笔遗产——无论是自然遗产还是人文遗产。知识界缘何无动于衷？只有国家出资的考古队和电视台出现在长江两岸，却没有任何个体的文化行为。我一直期待着有人对这条濒临灭绝的长江进行文化性质的抢救。包括历史学家、人文学家、民俗学家以及画家、作家、摄影家，等等。然而，当我第一次看到郑云峰先生拍摄的长江，我激动难捺。因为我实实在在触摸到在商品经济大潮日渐稀少而弥足珍贵的历史责任与文化情怀。

二

郑云峰的行为是完全个人化的。

他自 1988 年就不断地只身远涉长江和黄河的源头，用镜头去探寻这两条华夏民族母亲河生命的始由。跋山涉水数十万公里，积累图片十数万帧。从那时，他的血肉之躯就融入了祖国山水的精魂。

十年后，随着长江大坝的加速耸起，三峡的湮灭日趋迫近，郑云峰决定和大坝工程抢时间，在关闸蓄水之前，将三峡的地理风貌、自然景象、人文形态、历史遗存，以及动迁移民的过程全方位地记录下来。这是一位年过半百的人所能完成的么？然而，历史使命都是心甘情愿承担的。于是他停止了个人的摄影，负债办起一家公司来积累资金。他用这些钱造了一条小木船放入长江，开始了摄影史上富于传奇色彩的"日饮长江水，夜宿峡江畔"的摄影生活。整整六年，无论风狂雨肆、酷暑严冬，他一年四季，朝朝暮暮，都生活与工作在长江。两岸的荒山野岭到处有他的足迹，许多船工村民与他结为好友。他日日肩背相机，翻山越岭，呼吸着山川的气息；夜夜身裹被单，睡在船中，耳听着江中浩荡而不绝的涛声。

也许他本人也不曾料到，这样的非物质和纯奉献的人生选择，最终得到的却是心灵的升华。

三

郑云峰与我大约是同龄人。但他个子不高，瘦健又轻爽，胳膊上的肌肉轮廓清楚。在三峡两岸随处都可以看到如此样子的人。他受到了长江的同化，已是长江之子。他面色黑红，牙齿皓白，这大概正是江上的风与江中之水的赐予。

同他对坐而谈，很快就能进入他的世界。他这些年在长江充满冒险经历的摄影生活，他的所见所闻，以及他的激情、他的忧虑、他的焦迫，还有对长江那种无上的爱。他几乎不谈他的作品，只谈他的长江。一个热恋的人满口总是对方，独独没有自己。我被他深深地感动着。

为此，他爬上过三峡两岸上百座巍峨的峰顶。有些山峰甚至被他十多次踩在脚下。有时他要和山民吃住在一起，一起背篓上山；有时要同船工划船拉纤，一起穿越急流与险滩。他不仅寻找最富于表现力的视角，更是要体验什么是长江真正的灵魂。

在那些乱石峥嵘、荆棘遍布的大山里。他的衣服磨出洞来，双腿磕破流血。可是有一天，他忽然感受到那些绊倒他的石头或刺疼他的荆条是有灵性的，是沉默的大山与他的一种主动的交流，他忽然感觉长江的一切都变得有生命、有情感、有命运了。

最使他刻骨铭心的是三峡两岸的纤夫古道。那些被纤绳磨出一条条十几厘米凹槽的石头，那些绝壁上狭窄的纤夫的路，乃是长江最深刻的人文。他曾经在大雨中遇到一条纤夫古道，地处百米断崖，劈空而立，下临万丈深渊，恶浪翻滚。这古道只有肩宽，仅容双脚。千百年来，多少纤夫由于绷断纤绳，或者腿软足滑，落崖丧命？郑云峰要去亲身体验那些纤夫们的生命感受。尽管心惊肉跳，但他还是冒死地匍匐过去了。

还有哪一位摄影家、画家、作家和诗人这样做过？

也许你会问：为什么这样做？

他会用他说过的一句话回答你：长江是一部《圣经》。

一条凝结着一个民族命运与精神的江河，一定是庄严、神圣和奥秘的。长江给予中国人的，绝不仅仅是饮用的水和一条贯穿诸省大动脉一般的通道，更重要的是它的百折不回的精神，浩阔的胸襟，以及对人们的磨砺。数千年来，人们与它在相搏中融合，在融合中相搏。它最终造就的不是中华民族豪迈与坚韧的性格么？

它又是一条流淌与回荡着民族精神的万里大江！郑云峰正是

在这样虔敬的境界中举起他的相机的。

四

为此，在整整六年对长江抢救性的拍摄中，他给我们的不是一般性的视觉记录，而是长江的精神、长江的魂魄、长江的气息，以及它深层的生命形象。

同时，这些出自于如此激情的摄影家手中的作品，每一帧都是情感化的。无论是对山花烂漫的三峡春色的赞美，对风狂雨骤的长江气势的讴歌；无论是对一块满是纤痕的巨石的刻画，还是对一片遍布暗礁的险滩的描述，都能使我们听到摄影家的惊叹、呼叫、欢笑与鸣咽。如果不是他数年里在长江两岸的荒山野岭中来来回回地翻越，我们从哪里能获得如此绝伦的视角？特别是他站在那些峰巅之上全景的拍摄，会使我们出声地赞叹：这才是长江、三峡！

然而郑云峰会骄傲地告诉你，住在长江边上的人天天看到的都是这样的景色！

他已经是长江人的代言人了。惟有他才称得上长江的代言人！

五

自 2000 年 11 月长江便开始拦江蓄水。就此，传统意义的长江很快消失。无数历史人文和自然风景随即葬身水底，世代居住在两岸的百姓迁徙他乡。最重要的是，长江由"江"变为"湖"，由"动"变为"静"。不再有急流险滩，不再有惊涛拍岸，何处再能见到"大江东去"和"奔流到海不复回"那样的豪情？

一天，我在挥毫书写十年前的一首诗《过三峡》。诗曰：

> 群山万道闸，只准一舟行。
>
> 岸景疾如电，转瞬过巴东。

一时我竟落下泪来。我联想到唐人的那些咏叹长江的诗篇都已成为匪夷所思的神话了！

然而，上苍竟在此时，赐给我们一位摄影家。他苦其体肤，劳其筋骨，以生命之躯去搏取大江的真容。他以六年时间，倾尽家财，拍摄照片三万余帧。为我们留下了一个真切的、立体的、完整的三峡——还有三峡之魂！

艺术家不能改变历史，却能升华生活，补偿精神，记录时代，慰藉心灵。这一切，郑云峰全做到了。

我深信，将来的人们一定更能体会到郑云峰的意图。这便是这本图集真正的价值。因为，尽管长江三峡不复存在，却在这里获得了永生。

2002.10.1

用一生扛起的大书

郭雨桥《蒙古部族服饰图典》序

倾一生之力写就的书，会是怎样的书？

现在，摆在我们面前的洋洋四大卷《蒙古部族服饰图典》，就是这样一部书。细翻细读，再从蒙古族的历史以及未来的角度，从民族学、人类学、文献学、图像学以及传承依据的学术立场来思考其中的意义，我们就会掂出这部书非同寻常的分量。

我认识郭雨桥先生是在全国民间文化抢救发轫之时，那时他已经在北部蒙古族原生的草原大地上做文化调查了。没有人遣使他做这件事，一切源自他的"蒙古情结"，以及对草原文明一往情深的热爱。几十年里，他孤独一人，无人为伴，在茫茫草原上风餐露宿，踽踽独行，游走于蒙古族各部族古老的生活社区之间。他背上的小包只有几件换穿的衣裳、生活必需品、纸笔、照相胶卷与小药瓶。我结识他时，他正在把"草原民居"列为专项。步履所及，包括东北、新疆、青海及内蒙古的全部。他调查的内容绝不止于建筑，而是广泛涉及这些地方部族的历史、习俗、文化，以及生活的方方面面。每每与他相遇相见，他都会从背包里掏出许多笔记和图片。他对自己新近的田野发现兴奋难捺。他对蒙古族如数家珍般的熟稔令我惊讶。

近年来，雨桥年岁大了，长年辛苦奔波所致的腿疾使他再难远行。反过来，他有了时间，可以将他一生中调查与收集而来的材料进行系统的研究与科学的整理，于是一部部相关草原民族、具有重要的文化与学术价值的著作相继问世，《蒙古部族服饰图典》便是其一。

这部图典绝不是一般的现成的资料汇编；书中全部图文皆来自他本人数十年间，跨涉十余万里，由草原上一个个部落调查、采集、拍摄来的。每一个信息都有根有据，每一个获得皆亲力亲为，再经过精细的梳理与严格的考证，终于使我们拥有了这个伟大的草原民族一部生活服饰详实的图典。

郭雨桥的调查，是将人类学与民俗学融合在一起全面的文化调查。因此，这里的服饰绝非一种表面的图像展示，而是将蒙古族各部族的所有服饰，从历史由来到文化生成，从靴帽头饰到纹样内涵，从衣袍款式到穿戴规范，从人生礼仪到部族特色，全面而立体地组合起来。因而，系统性、周详性、确凿性、珍贵性等，不仅为本书之特征，也使其具有无可替代的文献价值。

在近几十年，生活巨变，社会转型，民族民间的传统文化与文化传统受到空前和猛烈冲击。特别是生活文化，往往消泯于不知不觉之间；历史财富往往消匿于无。为此说，记录历史和传承文明是当代人文知识分子的时代使命。它往往依赖于一些有眼光的有识之士的先知先觉，并心甘情愿做出奉献。

郭雨桥先生便是这样优秀的一位。几十年里，他为抢救蒙古灿烂的文化创造，默默地付出自己的一生。他的功绩将留在民族民间的文化史上，也留在这部沉甸甸的书中。

这是用一生的辛苦，日积月累，完成的一部书。在充满功利的市场环境里，有多少人甘心做出这样的付出？

在此书付梓出版之际，我以此文，表达对他由衷的敬意，并做序焉。

2019.5

发现《亚鲁王》

《亚鲁王》序

在多年来全国民间文化遗产抢救中，最大的快乐是发现。

前年初夏，身居贵阳的文化学者和作家余未人在电话里激动地告诉我，她那里发现了苗族的长篇英雄史诗，一时我感到她的声音兴奋得闪闪发光。但我的脑袋里还是响着一个疑问：这可能吗？

始自二十世纪初，中国文学和文化界的有识之士发动的一轮又一轮民间口头文学的调查中，不断有收获涌现，我们数千年古老的中华大地文学蕴藏之深厚真是无法估量，然而自《格萨尔王传》《伊玛堪》和《江格尔》等搜集整理完成之后，很难想象还有不曾知晓的一个民族的长篇英雄史诗会横空出世。特别是在现代化和城市化高速推进的今天，随着传统生活的骤变、农耕聚落的瓦解和现代传播方式革命性的强力入侵，无形地依附于口头的文学比任何文化遗产都消失得快，而且像风吹去一般无声无息。怎么还会存在一部体量巨大的史诗？

最初，我和中国民协抢救办对此所知尚不明晰。经那里的学者初步判断，这部史诗的内容为广泛流传在苗族生活地区的始祖亚鲁王的创业史。字数至少一万行，至今活态地保存在贵阳西南紫云等六县交界的麻山地区，并伴随着原始的"祭祀"包括"砍马"习俗的仪式中。然而传承歌手年岁较大，其中能较完整地唱诵的年长者已九十三岁。尤其这一带使用的"西部苗语"相当艰涩，外界难懂，能在第一线进行搜集和调查工作的只有一位年轻的苗族大学毕业生。

余未人的信息明显有告急和求援的意味。我深信余未人的文化功底与学术判断力，当即与中国民协罗杨、向云驹二位研究决定由我学院非遗中心派出一个小组，成员包括研究人员、摄影家及向山东电视台求援而来的影视摄像人员，火速奔往贵州余未人那里报到。同时，中国民协决定给予必要和有力的资助。

在贵州麻山地区前沿的调查紧张、艰难又有效。尽管当今社会仍然没有我们所期盼的文化自觉，但在《亚鲁王》抢救上却幸运地得到各方面必需的支持与合作。

首先是以余未人为代表的一些学者和作家的积极参与，这极为重要。对于一大宗自然存活于田野中的口头文学遗产，首先需要对其性质与价值进行判断；而在收集与整理过程中，又必须具备学术的眼光与能力。余未人他们始终坚守在遗产抢救的前沿，这就保证了《亚鲁王》如此浩繁的工作有条不紊地进行下来。

另一关键因素是《亚鲁王》的收集与翻译者杨正江。直至今天，能够通晓西部苗语、又能以拼音式苗文笔录并译成汉文的人，只有这位出色的苗族青年。他最早发现麻山地区的《亚鲁王》，最先认识到它非凡的价值，并一直在田野里千辛万苦，甚至形影相吊地默默工作着。本地域、本民族文化的先觉与行动者，是最至关重要的。单说苗族，多少古老的村寨由于不知晓其珍贵的服饰遗产的文化价值，而被国内外的淘宝者轻而易举地搬卸一空？可以说没有杨正江和一些当地有识之士的努力，就没有今天出版的汉、苗文本史诗《亚鲁王》。当然，这中间也有余未人在文字上一遍遍地精益求精而付出的心血与辛苦。

再有，便是紫云县政府、贵州省文化厅、省非遗中心与京津文化单位、大学及社科单位纷纷伸出援手。文化遗产是一个民族精神性的公共遗产，共同爱惜和保护，使其达到永存与共享，乃是我们理想的境界。尽管现有的力量尚十分微薄，但各方共同的努力已使我们欣喜地感受到了。

经过专家判断，史诗《亚鲁王》所传唱的是西部方言区苗人的迁徙与创世的历史。史诗主角苗人首领亚鲁王是他们世代颂扬的英雄。由于崇拜至深而具有神性的亚鲁王，不是高在天上的神偶，而是一位深谋远虑、英勇豪迈、开拓进取、有情有义又狡黠智慧的活生生的人。为此，千百年来才会与代代苗人息息相通，在东郎的吟唱中有血有肉地活在他们中间。

史诗开篇宏大，具有创世意味。通篇结构流畅大气，程式规范庄重，节奏张弛分明，远古气息浓烈，历史信息密集。细细读来，便会进入远古苗人神奇浪漫又艰苦卓绝的生活氛围中；大量有待破解的文化信号如同由时光隧道飞来的电波繁渺而至。

从这部长诗的价值看，无论在历史、民族、地域、文化还是文学方面，都是无可估量的。

专家认为，正是由于麻山地区地处偏远，外人罕至，语言独特，交流不便，又信息闭塞，直到前几年才有电流连同电视信号通入山寨。故而说亘古以来，麻山苗人几乎在自闭的状况中生活着。更由于他们世居于荒岭僻野之间，在乱石块中有限的土地里种植谷物，生活状况十分原始；精神信仰便成了他们最有力的支柱；这位顽强坚忍、从不妥协的亚鲁王的精魂才一直是他们浑身筋骨中的力量。这便是亚鲁王数千年传唱不绝的根本缘故。

苗人的关于亚鲁王之说，广泛流传其聚居地，但在其他地区多为故事、传说和短诗形式，惟麻山地区以长诗传唱。是否其他地区原先也是长诗，因与外界交流得早，渐渐萎缩了？这只是猜测。然随着全球化与信息化时代的高速发展，麻山地区与外界渐渐相通，这部浩瀚的活态史诗及相关习俗与仪式必定难以避免地迅速走向瓦解甚至消亡之路。我们正处在这时代更迭的转折处，抢救存录便成为首要的工作。无形的、动态的、只在口头流传上依存的遗产变得极不可靠，只有转化为文本才有确定性。这也是本书出版的最重要的意义之所在。

现在出版的《亚鲁王》只是第一部，凡一万二千行。调查重点为紫云县的六个乡镇，也是《亚鲁王》活态存在的中心地区。紫云县这六个乡镇属于麻山地区，而麻山地区又涉及六个县，另外苗语西部方言区的不少市、县也都有亚鲁王的传说。显然有大量的搜集整理工作尚待去做，其规模与体量尚无法估计。目前，人力与财力的缺乏仍使工作力度不尽如人意；特别是从已调查的资料看，在数百东郎口中，其保存内容不一，版本不一，甚至说法不一。如何记录与整理，是日后工作难度要点之一。

依我之见，《格萨尔王传》为藏族史诗，《江格尔》为蒙古族史诗，《玛纳斯》为柯尔克孜族史诗，这些民族皆有文字，也有手抄本。而《亚鲁王》为苗族史诗，无文字，从无抄本，一切都是由经过拜师仪式的"东郎"口口相传。由于记忆各异，或传唱中各自的发挥，致使流传"版本"与内容纷繁多样。这也正是口头文学活态存在的特征。我想，当前急迫的工作应是对《亚鲁王》做更彻底和全面的普查与存录。存录的主要方式是用文字和音像记录，将其原始生态原真地保存下来。这样一说，本书出版仅仅是《亚鲁王》搜集整理的开始，而非大功告成。

我国文学史上第一部作品是《诗经》，即民间口头文学集。这表明口头文学是一个民族文学的源头。此后，虽然我们的文学史向着文本化与精英化发展，但口头文学在民间仍充满活力，直至今天；然而，谁曾想到与《诗经》前后时代差不太多的一部口头文学《亚鲁王》居然活在田野里而且还没有进入我们的文学史呢？

本书的出版，标志着《亚鲁王》的一只脚已迈进我们文学史。中国文学史因此增添它的分量。

发现《亚鲁王》的意义还不止于此。

在它舒缓沉雄、铿锵有力的诗律中，清晰地呈现出苗族——

这个古老民族的由来与变迁的全过程，活生生见证了中华民族在上古时代相互融合的曲折进程。这部口述的诗化的民族史，还是苗民族精神与生活的历史经典，是其民族文化所达到的历史高峰的令人叹为观止的见证。故其意义远远超出文学本身。

它的发现是当代文化遗产抢救的重大收获，使我们备受鼓舞与激励。

让我们迎接这一迟到的民族文学的瑰宝吧，并继续把《亚鲁王》未了之事认真做下去。

感谢为这部中国口头文学巨著的诞生付出努力和做出贡献的各位人士。

是为序。

2011.7.18

活着的木乃伊

《绵山文化遗产·绵山包骨真身像》序

在晋中绵山中有一种神奇的造像，叫作包骨真身像。这种彩塑造像的内部不是一般的木制支架和黄泥，而是真人的身体。

这是我国的一种独特的宗教造像方式。所造的偶像不是神佛，而是具有极高修行的修炼成功的僧人。这种高僧通常在生命将尽时，禁食禁水。在坐化圆寂之后，如果身体不坏，形神不散，被视为修成正果，便由弟子们请来彩塑艺匠，以其肉身为胎，包塑成像，供人信奉。

关于"包骨真身"，其说不一。佛教典籍中也没有确切的说法。只是《菩萨处胎经》中将修行高深的高僧不腐的遗体称作"全身舍利"。从现有的史料看，至迟唐代就有把全身舍利制成真像的了。最著名的要算六祖惠能（638—713）的真像，至今保存在广东韶关的南华寺中，被佛教徒看作"圣物"。但他的真身成像的材料，是用胶漆和香粉。此外九华山的几尊"肉身"，也是使用这种妆漆和妆金，与绵山的以泥包塑不同。然而除绵山之外，再没听说别的地方有这种以泥包塑的真像。这是否与山西自古盛行泥塑造像有关呢？

为此我两上绵山，考察取证。能够证实此地关于"包骨真身"像的说法的有两处。一是此地流传甚久的绵山《十景歌》，就有多处直接说到包骨真身。一是至今尚存的《大唐汾州抱腹寺碑》的碑文中，明确写着唐代云峰寺的住持田志超圆寂后被"包塑真容"，而且是唐太宗敕赐的。这表明绵山的包塑真身也是始于唐代。

更值得注意的是，山西这种包塑真身的泥塑的手法与安徽九华山在肉身上直接妆漆敷金不同。九华山的方法没有"雕塑"成分，而山西的包塑真容是要依照高僧生前的容颜进行塑造的，具有艺术塑造的成分，属于一种肖像式的雕塑。

现保存在绵山云峰寺、正果寺和乾坤塔的十六尊包骨真身像，近及元明，远至唐宋。不仅有佛教僧人，亦有道教道士，都是具有极高的修炼境界者。再经民间高手的包塑，神态各异，宛如活生生坐在面前，令人心生敬畏。尤其是现供奉于云峰山顶正果寺中的唐代高僧师显真身像，其神情之沉静淡定，目光之深邃幽远，看上去使人心觉纯净，了无尘埃。一位在一千多年前即已坐化的高僧，其精神至今犹存。这不比埃及的木乃伊更奇妙吗？埃及的木乃伊徒具形骸，绵山的包骨真身的精神犹在——是活着的木乃伊。

由于绵山宗教自明代已走向衰落，庙宇寺观渐渐荒芜，数百年日趋沉寂，佛道中包塑真身之举早就中断了。及至"文革"后，绵山的宗教遗存多与断壁残垣一同埋没于草莽之间。谁也不知还有大量历代精美的彩塑遗存，尤其这十余尊包骨真身之像，居然存于世上！

绵山开发时的主持者阎吉英先生，是这一历史和宗教遗存的发现者。由于他对佛教的一往情深，使数百尊彩塑造像包括这十余尊僧人与道士的真身得以保护。这次修复是尊重历史的，其原则是一切遵循原本的位置，加固寺庙，补缀塑像。为保持历史的原真，刻意将部分残破处绽露的僧袍、筋骨和指甲，不予复原，以彰显岁月之沧桑。

现存绵山包骨真身像共十六尊。其中三尊在山间抱腹岩下的云峰寺，十二尊在五龙峰的正果寺。这些相传有序的真身像在二十世纪九十年代中期，都经过当时云峰寺住持力正和尚——指认，并口述其历史。这些历史皆已被记录立档。此外还有一尊，原在龙头寺下朱砂洞内。本世纪初发现后，因山势险峻，难以保护，又担心被盗，便用山石将洞口堵住，后整体移至五龙�乾坤塔内保护起来。这尊包骨真身像长脸大手，肌沉肉重，目光矍铄，张着嘴巴，似在谈话，神色逼人，应为神品。但由于所处偏远，失传太久，究竟是哪位高僧，无人认知，亦无资料，连年代也无法断定，应为绵山一谜也。

现将收集到的各种资料汇编一起，做初步研究。然而绵山的包骨真身像仍是一个期待进一步深究的文化课题，它既是宗教史、民俗史和地域文化史的，也是艺术史的。切望本书作为引玉之砖，能使包骨真身这一神奇的历史文化现象，渐渐揭开面纱。

2009.12.6

《普查手册》序

　　壬午年初春，我国一些重要的民间文化学者，聚首京都，研讨与论证中国民协即将启动的"中国民间文化遗产抢救工程"。

　　在现代化和全球化时代，各民族的本土文化受到冲击是世界性问题。而对于我们这样一个突然对外开放的国家，冲击就尤为强烈。但是，本土的民间文化是一个民族精神情感的载体，民族特征的直接表现，民族的凝聚力之所在。故而，在经济全球化时代，文化上的走向是全球本土化。民间文化，无论在本民族文化中的位置，还是在当代世界的位置都愈来愈重要。但在我国，民间文化还没有受到足够的重视。随着现代化、工业化、城市化、商品化、旅游化，我们大量优秀而珍贵的民间文化正在急速地涣散与消亡。

　　另一方面，民间文化的存在特点，是自生自灭。由于我们在历史上对自己的民间文化从未做过整体的盘点。民间文化如遗金散珠，逝水流花，存失不知，心中无数。因之这双重的危难就落在我们这一代文化人的身上。

　　中国民间文艺家协会把抢救民间文化视为己任，视为当代民间文化工作者的首要任务，视为不能拒绝的历史使命。计划开展中国历史上首次的民间文化大普查，抢救与整理我们这一伟大的文化财富与文化传统。于是，邀集部分学者，对这一巨型的文化工程进行研讨、论证与构想。

会议中，学者们表现出广阔的文化视野、深邃的思辨和高度的文化责任感。通过研讨，这次会议应该被看作中国民间文化事业进入二十一世纪里程碑式的新的起点。一场显示着当代知识界对自己文化整体关怀的空前的文化举动即将开始。

为了记录这一历史性的足迹，故将会议论文与讲话，整理成集，同时将会议期间学者们激情签名的《抢救中国民间文化遗产呼吁书》，以及中国民协草拟的《中国民间文化遗产抢救工程计划大纲》等文件收入集中，以使本书更具文献性。西苑出版社以奉献性的工作，努力使这些重要材料成书问世。应该说，文化上的卓识与道义感，充满字里行间。写到此处，感动不已，就此住笔，余者则留给同行与读者去体会吧。是为序。

2002.5.9

到田野去，盘点我们文明的家园！

《中国传统村落立档调查田野手册》前言

我国五千年历史基本是农耕的社会史与文明史。农耕的家园是村落。在漫长岁月中，我们的中华民族不仅生于斯，长于斯，创造于斯，也传承于斯。由于历史悠久，我们的村落底蕴深厚；缘自地域不同，我们的村落多彩多姿，文化灿烂丰富。我们村落之多样，世所罕见。不仅形态、风貌、景象彼此不同，物产、风俗、宗族、游艺、手艺，以及传习的仪轨也自成一格。尤其是少数民族独有的文化大部分不在城市里，而在树拥山抱的村寨里。如果这些村落消失了，我们最古老的根、世世代代的家园和历史生活的见证，无数迷人和多样的文化则烟消云散。我们能看着它消亡吗？

然而，过去我们对传统村落这种根性的文化价值认知有限，大部分村落又没有村落志，所以在时代转型中，它们的消亡是无声无息的。近二十年，我们失去多少极其珍贵的村落遗产，谁能统计出来，说清楚？

这样重大的历史文化责任不应该由我们这一代文化人承担吗？

自 2012 年国家启动了"中国传统村落"项目，由住建部、文化部和财政部联合启动与大力推动，一部分知识界各领域学者专家积极地参与进来。今年，经国务院新闻办发布，已有先后两批1561个村落列入"中国传统村落名录"，从而成为我国物质和非物质文化遗产之外极为重要的另一类文化遗产，成为国家和政府必须保护的活态的历史财富。国家在相关文件中明确表述，在城镇化进程中，它们将是必须着力地、精心地、文明地面对的一部分。

对于城镇化中的乡村，一句"要望得见山，看得见水，记得住乡愁"，切中了传统村落最深切的精神意义与存在价值，以及力保不失的决心。

这体现了我们这个文明大国的文化自觉和文明的高度。

那么进一步知识界应该做什么？

除去在传统村落的保护与发展中，我们要提供必不可少的科学的理念、规划、标准与试验，还有一项工作必不可少，即为国家确定的传统村落建立基础档案。这个工作的内容是：对传统村落进行全面的标准化的调查，盘清家底，以精确的图文结合方式将村落的各方面原生态的信息记录下来，为国家这一重大的历史文化资源与财富立档。

过去我们是没有完整确切的村落档案的。这次对自己的农耕家园进行全面的盘点与记录，应是历史上的首次。这是一种历史责任，也是一种时代的机遇与福气。

中国文联的两大专业的文艺家协会——中国民间文艺家协会、中国摄影家协会决定联合承担起这项工作。民间文化学者将拿起笔，摄影家们将背起相机，携手走进祖国的山水深处、田野腹地，共同完成时代赋予我们的文化使命。

十二年前，我们启动了全国民间文化遗产的抢救性调查，经过十余年艰辛与努力，完成了对中华大地民间文化的调查与盘点。十二年后的今天，我们又开启另一项意义非凡的文化工作与文化行动——为中国传统村落立档。这次，由于国家住建部给予的全力支持，由于中国摄影家协会强大的精锐的摄影家队伍的加入与合作，我们对高质量完成这一工作充满信心。

这项工作，将使我们对传统村落真正心有底数，对其保护与发展有了充分的图文依据，并将为历史存照，为未来留下这一巨型的历史文化财富确凿的文字记载与真实的完备的图像。

依照十多年我们工作的方法，每一项全国性文化调查之前，必须制定一本工作手册，统一标准、规范和要求，以保证工作的有序与最终成果的科学与完整。

这本《田野手册》将在此次调查中人手一册，是工作必备的工具与指南。希望调查者在走入田野之前熟读它，研究它，并严格完成手册中的每一项要求。

工作的意义、性质、目标和方法明确了，我们已经把一件重大的任务心甘情愿压在自己的肩背上了。

我们的确在做一件大事情，为了国家民族，为了自己尊贵的历史，更为了后人与未来。

2014.6

执意的打捞

《消逝的花样：进宝斋伊德元剪纸》序

关于对进宝斋花样的兴趣，可以追溯到二十世纪七十年代初。那时，我所从事的摹制古画的工作被视作"旧文化"而遭到制止，一度到一家工艺厂做美术设计。那家工厂里都是六十年代"公私合营"中兼并进来的各类手工作坊。一些小作坊到了工厂里就成了一个个小小的生产车间，其中位于南楼二层上的"剪纸车间"引起我的兴趣。一间方方正正的小屋里，四五个人，多是中年妇女，围在一张桌案上操作。我们通常说的剪纸并不是全用剪刀来剪，也使刀来刻。这里的剪纸就是一种刻纸。薄薄一叠纸固定在一个小蜡盘上，任由手中细长的尖头小刀转来转去，花儿草儿虫儿人儿随即就神气活现地被雕刻出来。此前我见过的剪纸大都朴实厚重，极具乡土味儿，头一次见到这种剪纸，很小的尺寸，清新灵透；尤其阳刻的线条，简洁又精细，婉转自如，充溢着流畅的美。于是，这小小的剪纸车间常常吸引我伸头探脑地去看。直到后来才知道，这就是曾经驰名于津门的进宝斋的花样（一称伊德元剪纸）。然而，我在这工厂里只工作了几个月。由于打球膝部受伤，继而又埋头写小说，便离开这家工厂，遂与美妙又神奇的伊德元剪纸分手作别，手里却没留下一张这种剪纸。

八十年代，一位与我同样热爱津门民间艺术的挚友崔锦先生，送给我一本小书。书不重要，重要的是夹在书页中的十几张剪纸。崔锦郑重地告诉我："这是进宝斋伊德元刻的。"崔锦是书画鉴赏名家。无论从他说话的口气里，还是在那些夹在书页中平整而发黄的剪纸上，都叫我感受到一种古老的文化气息。一时，我还想去十多年前工作过的那个工厂，寻访一下当年进宝斋中出名的剪纸艺人伊德元，捕捉这一过往的民间艺术的踪影。然而，我那时身在文坛热辣辣的漩涡里。八十年代是文学的时代。我被数不清的文坛的事件包括我自己扰起的事件缠绕其中，以至拿不出一点时间去顾及这种剪纸了。但伊氏手中种种剪刻的形象与图案，却如同小精灵般留在我的心里。

直到二十一世纪初，我投入民间文化的全面抢救，进宝斋剪纸才站到我的面前。可是再去打听那个工厂的剪纸车间，却早已解散。伊德元先生也早在1971年就辞世了。待知此情，大有人亡歌息和人去楼空之感。尤其是那家工厂竟没有留存一件伊德元的剪纸，历史有时有情，有时绝情。有时匆匆离去，不留下一点点可以让人依恋的凭借。

然而，我写过这样一句话："什么是缘分？就是在你苦苦寻找它时，它一定也苦苦寻找你。"

一天，一个年轻的朋友送我一包剪纸。没想到居然是进宝斋的作品，竟有数百幅之多！这位朋友是有心人，曾为收集进宝斋伊德元剪纸下过很大功夫。不单各类花样一应俱全，有些称得上是伊氏的精品力作。特别珍贵的是，还有一些进宝斋的艺人们当年的手稿画样，以及贴在绣片上尚未动手来绣的剪纸，从中可以看到当年妇女绣花的工艺程序。这些至少百年以上的藏品，有的旧黯发黄，有的历久弥新。它们的出现，好像是伊氏不甘心消匿于历史而跑来求助于我们了。

伊德元剪纸源自天津东城内文庙附近一家不大的剪纸铺，店主王进福，店名叫"进宝斋花样铺"。顾名思义就知道"进宝斋"的剪纸主要不是那种时令风俗之物，虽亦有窗花吊钱之类，但其强项是专门供给妇女衣装鞋履绣花的底样。由于天津是大城市，市井社会强大，妇女对绣花的花样需求甚巨。昔时的衣花，除去夹缬和蓝印之外，再没有其他印花手段。所以人们从身上的衣装到日用的织物（如鞋帽、衣裙、巾带、手帕、肚兜，乃至枕顶、瓶口、鞭掖、扇套、腰串、荷包、门帘、轴水等）上边的花饰，全部依靠手绣。千姿万态的花样就全依仗着剪纸艺人的不断翻新了。

伊德元，河北保定涞水人。早年入进宝斋随师学艺，学成后兑下师傅的店铺，店名依然使用进宝斋。风格技艺上师承老店古风，也有个人的创造。

由于进宝斋的剪纸主要供绣花使用，所以完全不同于一般的民俗剪纸。无论在材料、构图、结构、选材、造型还是刀法上，都要适合于衣物的装饰与刺绣工艺。首先是多用素白的宣纸，以便贴在有色的衣料上，只有用在浅色衣料的花样才用有色剪纸，这样易于分辨，便于刺绣；其次这种剪纸必须与绣品是 1 : 1 原大，所以尺寸很小，有的小如花生，但十分精致，当今看来，张张都是艺术品。在题材上，除去象征多子多福的胖娃娃，很少有历史故事和神话人物，一般多是惹人喜爱的花鸟鱼虫和吉祥图案。在构图上，讲究有姿有态，疏密有致，以求近看精美，远看明快，这也都是服饰的需要。天津是大都市，服饰图案崇尚雅致，这种城市审美便是伊德元地域风格的成因。伊德元本人天性灵巧，颇多情趣，他剪刻的形象清新灵透，意趣盈然，颇受市井大众尤其是妇女的喜爱。在刀法上，为方便刺绣，从不使用各地剪纸常用的"锯齿"和"月牙"纹，而是自创一种十分细小的镂空的纹孔，用来刻画形象生动的细节。伊德元还善于使用连接各部分的"阳线"，独出心裁地把这种功能性的线条，变成优美流畅、婉转自如的装饰性的曲线，使画面具有特殊的生动的美感，绣在衣服上便分外优美和爽眼。伊氏的剪纸具有天津这种大城市的气质，崇尚丰富又追求雅致，特色十分鲜明，市井中人亲切地称之为"伊德元剪纸"。他的绣样还传入京城，对老北京扎花产生深远影响。

应该说，伊德元剪纸是我国剪纸遗产中一枝独特的花朵。

因之，我把它列入"中国民间美术遗产保护与研究中心"的抢救项目之一。经过中心研究人员长达半年时间努力的搜索、调查和挖掘，其现状却令人悲观。由于社会生活方式的改变，家庭化的妇女绣花已然消失，作为绣样的伊德元剪纸也随之消失。虽然二十世纪中叶，有人曾试图变其功能，将其绣样改为工艺品，但终因未有强劲的市场支持而很快走向衰亡；现今伊氏的后代中已无人传承其艺，没有传人的民间艺术自然就中断了。

更遗憾的是，伊德元的妹妹原是伊氏剪纸的最后一位艺人，但在此次调查前的两年也辞世而去。倘若我们动手调查早两年，许多珍贵资料便可保存下来。如今在书中一些文章提到的端午中秋的伊德元剪纸世间何处能见？而活态的非物质文化遗产是最脆弱的，因人而在也因人而去。一旦失去，顷刻间烟消云散。连口述史调查都没有对象了。

姚惜云先生所说的伊德元独有的刻纸刀法——筑，显然已经世无人知，化有为无。

由于社会转型太快，转瞬伊德元剪纸快要消失在地平线之下了。多年来，我国出版的各类历史剪纸资料中，从来未见伊德元剪纸的踪影。如果不再对它伸以援手，恐怕要从此绝迹于世了。

于是，我们要做的是一种执意的打捞。即寻找有关伊德元的一切尚存的有价值的资料。哪怕是文字性的只言片语，一帧旧照或三两页材料，全要收罗到手。我们几乎是踏破铁鞋，把残存于世的零星的史证一点点聚敛起来。于是，这宗几乎消失的宝贵的遗产便重新有模有样了。

本书将所搜集到的进宝斋花样（伊德元剪纸）选精摘萃，分类编集，同时配以当时津城妇女旧影以及各类绣件的实物图片，将使遗存的绣品与当年的剪纸花样相互对照起来，以呈现出历史的面貌，并使本书具有生动的历史感。

本书还辑录几篇史料性文章。都是"进宝斋时代"的亲身经历者的历史写实。作者皆为八九十岁以上的老人，其资料价值十分珍贵与难得。

我们这项工作很像打捞一艘沉船。不是救生，而是打捞。救生是抢救生命，打捞则是打捞遗物。但打捞也是一种抢救，是最后的抢救。

由于我们热爱前人留下的每一份遗产，我们的工作则是尽自己的全力。因为我们知道，为了历史就是为了未来。

是为序。

2009.5.1

一个古画乡田野调查的全记录

《中国木版年画集成·滑县卷》序

2002 年冬日，全国木版年画抢救启动之时，我们对滑县——这个地处河南东北部的古画乡还只是所知寥寥。在根据已有资料开列出的我国年画产地的目录中，绝不可能有滑县这个相当陌生的地名。然而在这一次空前的席卷中华大地的农耕文明大盘点中，它露出了彩色的头角。2006 年的秋天，担负着中州民间文化抢救工作的河南省民协传出惊人的喜讯——滑县发现了木版年画！

尽管我对豫北一带曾有年画的制作，曾经略有耳闻。甚至误以为只是零星的作坊和少量的印制，不曾窥其真相。这一次，也就是当年冬天，当我们纵入这个偏远而生僻的地域后，惊奇地看到一个独具面貌、颇具规模的年画产地，竟在这中原腹地深藏不露。一种带着冲击力的新鲜感和异样的神秘感使我们穿过冷雨和泥泞纵入这个画乡，其感受十分深刻。为此我曾写过一本薄薄的书，叫作《豫北古画乡发现记》。以写实的笔法，记载了那一次几个印象强烈的细节。即在一位农民家中看到了农耕时代的始祖神农的木版画像，以及怪异而无人能解的文字对联和画面上的满文，还有在许多画面上都可以见到的四个字：神之格思——这四个字竟出自《诗经·大雅》！这个产地内涵之古老与深厚，由此显现出来。而接下来，当我们把此地年画与相距最近的一个极重要的年画产地朱仙镇进行比较研究后，竟发现无论是题材、风格、造型，还是审美体系都迥然殊别，截然不同。朱仙镇的年画风格的辐射力很强，连远在数百里之外的豫西——陕县、卢氏、灵宝等地的年画都和朱仙镇一模一样，但是为什么滑县与朱仙镇两地距离只有一百公里，只隔着一条黄河，却很少艺术上的因缘与瓜葛？无疑，滑县可视为一个独立的年画产地了。

自 2006 年年底，经中国民协同意，对滑县的年画普查由设在天津大学冯骥才文学艺术研究院的中国民间木版年画研究基地承担。由该院师生组成的普查小组多次前往远在中州的滑县地区进行全面、细致、科学的普查。普查严格遵循"中国木版年画普查提纲"提出的要求进行。对滑县年画的历史源流、自然环境、民俗信仰、生产生活、艺术特征、年画作品（画与版）和种类、工艺流程、工具材料、艺人状况、传承谱系、销售方式和范围，以及相关的民间传说和民谣，等等，进行全方面又分门别类的普查。这种普查区别以往专家个人化的艺术调查，它强调文化普查。即以民艺学、民俗学、历史学、人类学（包括视觉人类学）、美术学等多学科相综合的视角切入对象进行调研。口述史调查则是此次普查着力使用的方式。因为，口述史调查更适合于非物质文化遗产的记忆性与口头性。这种普查理念与方式，比起先前的单一的艺术调查，则是更加全面、整体和立体。

为弄清调查对象的整体与外延，本次普查扩大了调查范围，足迹远涉及滑县以外的内黄和安阳，以及滑县年画核心地区李方屯历史上行政管辖从属的山东省东明地区。此外，还对与滑县年画有一定文化血缘的安阳县苏奇村的木版灯笼画做了重点考察，在这大范围的文化搜索中，基本摸清了滑县年画产地的范围与全貌。

　　经过紧锣密鼓、长达一年的田野考察，我们已获得滑县年画产地的全部资料。共登记年画五百二十六种、画版一百二十八种，拍摄照片八千余张，口述调查近十万字和大量动态的录像资料。通过分类、整理、重点研究，可以确信豫北滑县有一个在精神内涵、审美体系、工艺流程、传承方式和销售手段上完全独立的年画产地，是中国民间文化遗产抢救工程与中国木版年画普查的重要发现与成果。2007 年秋，我们天津大学北洋美术馆举办"滑县木版年画普查成果展"，并举办了相关学者的研讨会。随后便在此基础上，对这一年画产地进行了档案化编写工作。标志着这一工作基本完成的即是本卷图书的出版。

　　这次普查由始至终得到河南省民间文艺家协会、安阳市委与政府、滑县县委与政府的鼎力支持，它们是此项繁重工作能较顺利完成的有力支柱。尤其要大书特书的是滑县李方屯等地的百姓——特别是传承人给予我们热情的帮助，为使我们资料详实，一次次奔赴津门，送来那个遥远而趋于渺茫的历史珍贵的物证。正由于方方面面的襄助与合力，才使我们怀抱了一年的愿望付诸实现，我们为滑县编写出第一份年画遗产的档案。有了这份档案，则可为滑县留下一份辉煌的历史，并使他们对自己先辈留下的财富心里有底，并由此保护好它，继之以弘扬。

值得高兴的是，在我们这份文化档案做最后的校勘时，于2008年6月我国第二个文化遗产日所颁布的"第二批国家非物质文化遗产名录"中，滑县木版年画被批准并列入其中，代号为Ⅶ-143，由此成为国家级中华民族重要的文化财富。我们作为这一遗产的发现、调查和整理者之一，为此感到高兴与荣幸。因记录于此，亦作为本卷的序言。

2008.8

为传承人口述史立论

《传承人口述史方法论研究》序

　　口述史，作为一种特殊的研究方法与文本样式已经在历史学、社会学和人类学等领域中广泛应用，相关的理论体系亦已形成，但是"传承人口述史"还是一个崭新的概念，还缺乏理论支撑，这因为理论建设需要足够的积累、丰富的实践和自身的历史。我国非遗（民间文化）的保护自二十一世纪初才步上正轨，传承人的认定和保护不到十年，而"传承人口述史"的概念更是在其后才出现的。然而，一经出世，便站住了脚，并显示出它对于非遗的挖掘与存录有着不可替代的功能和意义。

　　物质文化遗产的传承载体是遗产的本身，非物质文化遗产主要保存在传承人的记忆和经验里；这种记忆与经验通过目睹、言传和身教三种方式代代相传，没有文字记录，没有确凿与完整的书面凭据；它的原生态是不确定的，传承也不确定。这样，在当前时代转型、现代文明冲击的背景下，极易瓦解消散。出于保护民间文化遗产的需要，非遗档案调查与建立的需要，保护传承人的需要，口述史便应运而生，派上用场；再没有一种方法更适合挖掘和记录个人的记忆与经验，并把这些无形的不确定的内容转化为有形的、确切的和可靠的记录。于是，在我们的社会学、历史学、文学和人类学的口述史之外，又出现一个新面孔，就是传承人口述史。

很久以来，民间文化的研究，大多采用口述调查来获取田野资料，很少采用现代意义的独立的口述史文本。口述调查与口述史有着根本的不同。口述调查只是一种简单的问询方法，注重的是材料本身；口述史则不然，它更是一种文本样式，一种体裁，更着意于独立的以人为主体的口述内涵，显示现代科学对人的尊重；由于民间文化在本质上是一种生活的、人的、自发的文化，口述史就来得更为重要。

当然，由于传承人是一个独特的各擅其能的群体，是一群另类的人，同时传承人的口述史还有民俗学和遗产学等方面特殊的要求，因而"传承人口述史"自具特征、标准和文本的方式。一方面，它与历史学、社会学的口述史有共同和一致之处；一方面又有鲜明的不同，比如说，传承人口述史文本要有资料性、档案性和知识性，这就自然与其他口述史迥然不同了，需要用理论来总结。

十年来，我们做了大量的传承人口述史。比如《中国木版年画传承人口述史》（十四卷），对全国各年画产地所有代表性传承人都做了口述史，记载了每位传承人的村落文明、家族背景，以及个人生命史，同时对其擅长的非遗的传承源流、技艺特征、工艺流程、画作品类、艺诀口诀、相关传说，等等，也做了周详的考察与存录。这套传承人个人化的生命档案与我们通过大规模田野调查完成的各产地的文化档案《中国木版年画集成》（二十二卷），共同构成中华民族这一重要文化遗产有血有肉的全记录。由此我们认识到传承人口述史在非遗挖掘和存录上的重要意义及不可或缺，同时，也深感建立这门学科的理论已是时不可待。只有经过理论上的再认识，才能更清晰地把握和发展这门学科。

在当下国际学术界，口述史已经由从属于历史学、人类学和社会学的研究方法，发展为一个新的学科；但是还没有传承人口述史——这一专门概念的提出。它是中国文化界提出来的，是我们在非遗抢救和保护中对口述史的广泛运用从而获得的学术发现。由此进行相关理论的建设，则体现我们学术上的自觉。我们要把"传承人口述史"作为一个学科分支从实践到理论扎实地建立起来。

现在我们所做的努力还只是一种理论的初建，肯定问题多多。但随着传承人口述史在遗产保护领域的应用与推广，这一学科的理论建设一定会引起更多人的重视；反过来说，理论的日益成熟，必将使传承人口述史的学术水平得到提升，从而为民间文化遗产的挖掘和保护发挥更大的学术作用。

2015.4.30

文化存录的必要

《天津皇会文化遗产档案丛书》总序

在时代急骤转型时，一部分民间文化的消失在所难免。

这种消失，有的是物换星移与新旧交替之必然，有的则因为失去了存在的土壤，无法再活下去；这是一种无可奈何花落去，一种在时代更迭和进程中的"正常死亡"。

当然还有一种"非正常死亡"，或由于利益驱动，自我割除；或由于浅薄无知，信手扬弃；或由于致富的心情过于急切，草草处决了历史生命。故而，对于现存的活态民间文化遗产，我们必须抓紧做的事：一是力保，一是存录下来。

存录，就是在一项民间文化（即非遗）尚在活态时，抓紧对其进行全面的田野调查，同时运用各种技术手段，尽可能将其完整地、客观地、详实地记录与保存下来。存录的目的是把动态的、不确定的、分散存在的，保留在人们的记忆、行为或口头上的文化遗产采集下来，进行科学整理，从而为该遗产建立一份永久性的档案。

这样做的目的，一方面使我们对自己的遗产有完整而清晰的认识，有了必备的文献性的依据；一方面在其不可挽留时，还备有一份历史存照，不致烟消云散，化为乌有。这既是对遗产的科学态度，又是对历史创造应有的尊重，也是遗产学的工作之本。

十年来，存录的做法一直贯穿在我们文化遗产抢救的始终，如在中国木版年画、剪纸、唐卡、泥彩塑等诸多方面都进行了系统的存录和建档的工作。历史上，我们对民间文化多是成果或作品的采集。很少通过人类学、民俗学、历史学、民艺学等多学科的交叉和综合角度，进行整体的考察与田野记录，很少使用口述调查与音像记录等手段。这种方法是我们在社会转型期间，对中华民族的历史创造进行地毯式田野抢救时所采用的一种创造性的学术方法。在2009年举行的"田野的经验"国际会议上得到与会各国专家的公认和肯定。

十年来在全国各地已有很多学者与专家对某一专项民间文化遗产抢救时，也使用了这种方法。

这里则是对国家非遗的"皇会祭典"进行了如是的调查、整理和存录。

曾经兴盛于北方重要都城天津、从属于妈祖祭典的皇会，具有深厚的文化内涵，浓郁的历史情韵，严格的程序套路，高超的表演技艺与强烈的地域精神。我国民间花会遍布民间，呈现于各地庙会与民间节庆中，像天津皇会这种大规模的都市民俗尚不多见。尤其令人惊讶的是，在当代都市大规模改造和居民动迁之后，这种民间结社性质的许多老会，依然"气在丹田"，凝聚不散，自行组织，自发活动，并没有被商业化，依然朴素地保持着民间文化的纯正性，为当今社会所罕见。表现了这一地域文化曾经扎根于民间之深之牢。同时我们也看到，在现代强势的都市文明的冲击下它面临的黯淡的前景与日渐消解的现实。为此，为这一城市的历史文化遗产建立科学的文化档案是我们必须承担的使命。

天津皇会始于清初，每年阳春三月海神妈祖诞辰吉日举行庆典，城郊各会齐聚天后宫，上街巡游，逞能献艺；一时城中万人空巷，会间百戏杂陈。极盛时期各类花会多至千余道。三百年以来，时代变迁，社会更迭，及至"文革"后百废待兴之时，尚存近半；然而，它所经历的最大的挫折应是近三十年的现代化冲击，致使当下仅存的老会不及百道。对其进行调查、整理、研究、存录及保护，给予主动和积极的学术支撑，都是刻不容缓的事。故此，我院一边将"现代社会转型期天津皇会的研究"作为重点科研课题（已列入国家社科基金学术研究项目），一边对重点老会开展调查，逐一建立档案。本书便是该档案的文字与图片部分。

此次为皇会立档，一要做史料考证，二要做田野调查。前者求实，后者求真。对每道皇会都涉及其历史沿革、重要人物、技艺特征、音乐曲谱、器物种类、文献遗存、会规会约、传承谱系，等等，这些历史上都鲜有记录。调查与印证之难自不必书，存录的价值与意义自在其中。应该说对这一历经数百年极具特色的民俗文化，在其濒危之际，将其完整又详实地存录下来，亦是一个小小的历史性的贡献。

我很高兴，这项工作已被我院一些年轻的师生承担起来了。

由于他们此前完成了《中国木版年画传承人口述史丛书》，我相信这一套天津皇会档案能达到应有的文化质量与价值。

文化的存录对一个民族来说，是记忆，是积累，是面对过去、更是面对未来必须做好做细做扎实的事情。

是为记焉。

2013.5.31

藏族唐卡普查的必要性

《中国唐卡艺术集成》总序

　　始于 2003 年的中国民间文化遗产抢救工程，自发端之日就将藏族唐卡的抢救列为重点项目，随即对藏区现存的唐卡绘制之乡，进行同一学术标准的地毯式普查，并将普查成果编制成完整的文化档案，陆续出版。

　　为什么要将唐卡列为这次抢救的首批重点项目？

一

　　从宗教学看，唐卡是藏传佛教神圣的法物；从美术学看，唐卡是中华文化中一朵极其宝贵的奇花异卉；从文化学和人类学看，唐卡则体现着藏民族特有的无比美丽的精神方式和文化方式。

　　藏族人民具有高超的绘画才能。可以说，艳丽五彩的绘画是他们喜爱的一种语言。这种语言在藏族神奇地通用和通行着。理想的佛国，神话的故事，世间的万物，心灵的悲欢，智慧的认知，都可以用色彩和形象来表达和诉说。从寺庙、居室、墙壁、家具，到一切宗教乃至生活物品，都是他们抒发精神想象和绘画才情的地方。其中，最极致地显示其绘画禀赋与水准的当属唐卡。

唐卡，又称唐喀，是藏语音译，即在布面或纸面上绘制的佛像，然后装裱镶缎，安轴成画，悬挂在佛龛中供奉。藏族美术史家康·格桑益希先生认为唐卡起源于早期教徒布道时使用的卷轴画。使用起来灵活可变，用后又易于收藏。

关于藏族唐卡的起源，一般依据五世达赖喇嘛所著《大昭寺目录》的一段记载，文中说："藏族第一幅唐卡是法王松赞干布用自己的鼻血画了一幅白拉姆女神像，后来蔡巴万户长时期果竹活佛塑造白拉姆神像时，作为核心藏在神像腹内。"松赞干布所画唐卡已无迹可寻，但唐卡由此渐渐兴起应无疑问。现在珍藏在大昭寺、桑耶寺等处的吐蕃时期的唐卡便是明证。在随后的赤松德赞和赤热巴巾时期，大力地弘扬佛教，唐卡得到了发展的机遇，如一株树木开始蹿枝生叶，迅速成长。

经过宋元两代，进入明清时期，中央政府采用敕封西藏首领之策，明封八王，清封达赖、班禅及各呼图克图，这些措施给西藏地区的社会带来安定，经济文化得以发展，唐卡随之进入自己的成熟期与辉煌期。

在画技与画风上，唐卡一直受东西两方面的文化影响。一是来自印度和尼泊尔的域外之风，一是来自中原的汉风。前者随佛教东传而来，后者则是源源不断的汉藏交流。这两种文化一直在西藏画风中发挥积极而有力的影响。这种影响随处可见。然而，到了明清两代，经过无数藏族画师们的努力，在融合了梵式与汉风之后，终于将具有独自的民族气质和审美特质的唐卡鲜明地确立起来，并使自己成为藏传佛教的艺术象征与文化符号。

这一历史阶段唐卡的重要特点是：

（一）唐卡的社会化。

随着佛教的兴盛，唐卡从宗教场所——寺庙与僧舍，走向民间百姓的经堂。唐卡的内容便很自然地从佛国扩展到民俗生活。农耕、天文、历法、医疗、药物、器具、生物、肖像、世俗以及吉祥纳福等内容的唐卡纷纷涌现。它大大扩展了唐卡的功能。在其宗教神圣的供奉意义之外，还有教育、传播、欣赏乃至装饰等社会与生活的价值，因而成为藏区人民喜闻乐见、不可或缺的宗教崇拜的象征物和审美的艺术品。

（二）画派的涌现。

任何时期和地区绘画繁荣的标志都是不同画派的异彩纷呈。由于各地历史、教派和风情的不同而造成的藏文化自身的多元，致使其唐卡的画风各不相同，渐渐形成了画派，到了唐卡的全盛时代便愈加明显地表现出来了。大致地说，最早出现的突出的画派是江孜画派，继而是前藏和后藏的不同风格次第形成。前藏的唐卡构图严谨，刻画精工，善于刻画人物的内心；后藏的唐卡设色华丽，笔力饱满，属工笔重彩一类。此间勉唐、钦则和嘎赤三大画派各立门户，影响深远，彼此区别一目了然。其余诸派皆有名师，且各有源流，各具特色；在构图、造型、设色、技法方面，皆富于独自的魅力，相互不能取代，而且全都是人才济济，高手辈出，许多精美绝伦的画作名垂青史，流传于今。在数百年发展中各画派的画风又不断嬗变，支流迭出，共同构成唐卡艺术斑驳灿烂、令人目不暇接的繁盛景象。

（三）行业的职业化与技术的专业化。

这一时期，由于寺庙内外对唐卡需求日增，因而促使画工队伍不断壮大，早期唐卡的绘制是一种分散的个人化的作坊方式，自五世达赖阿旺罗桑时期，将画工组织起来，为寺庙绘制唐卡。布达拉宫扩建时，曾组织六十六名画师、三百名画工绘制唐卡。各寺院都以所藏唐卡之多，以示佛事之盛。一些寺院所藏唐卡往往成千上万。于是一种名为"拉日白吉社"的民间画工职业化的结社组织应运而生。在这种集中绘制的背景下，画工们的画技得到交流，日见精进，经过长期的集体认同，形成了严格的画式规范和评价标准，促使了技术的专业化和形式的定型。

（四）种类的多样化。

成熟期的唐卡，不仅内容丰富，画艺精湛，有的作品堪称精美绝伦；同时在绘制样式上也渐为多样化。大致为止唐和国唐两种。止为绘，止唐即绘制的唐卡，因画法与设色不同，分为彩唐、金唐、黑唐、朱红唐多种；国为彩绸，国唐即绣制的唐卡，因手工不同，分为彩绣、刺绣、贴绣、织绣、堆绣、缂丝，等等，工艺纷繁，各尽其美。此外还有便于普及的版印的唐卡。其藏语的名称非常繁多。

唐卡的尺幅大小不一。最小为一二十厘米，普通为一米上下；

最大的唐卡当属五世达赖圆寂后，摄政桑结嘉措主持制作的《无量光佛》，高五十五点八米，宽四十八点八一米。此外，为了适应盛大宗教活动的需要，以数十幅乃至上百幅为一套的唐卡也出现了。

然而，对唐卡如此厚重的历史意蕴，深邃的宗教思想，百科全书式的藏文化内涵，高超又丰富的画技画风，以及浩瀚的实物遗存，历史上从未有过全面的调查与整理。也许由于昔时的田野调查多为学者的个人行为，只身孤力，难以胜任如此广阔又艰辛的工作；这些画乡又散布在西藏、青海、四川、云南诸省份，多数地区在偏僻的高原之上，虽然学界都承认唐卡是中华民族民间文化中顶级水准的艺术品种，却至今没有一部全面掌握和研究唐卡的专著。于是，对此家底，无人能知。

还有值得关切的问题是，唐卡一直为中外艺术收藏家所注目。特别是在当代社会进入全球化，旅游业成为时髦的文化产业的时代，致使对神奇又神秘的西藏文化充满好奇的游客与日俱增，历代珍贵的唐卡流失于藏区本土势不可免，令人深深忧虑。同时，被称作非物质文化遗产的各地唐卡代代相传的制作技艺，以及传承人的现状，我们所知寥寥，几近为零。在全社会快速的现代化转型期间，哪些已经中断失传，哪些仍属活态，哪些亟须加以抢救和呵护，这些正是我们亟须在此次普查中弄清的。

如果我们现在还不知道它的存在，将来就一定不知道它是何时失去的。

因此说，对藏区唐卡的普查不但是必需的，而且是要加紧的。

二

　　对藏区各地唐卡的普查工作从 2004 年正式展开。在长期历史中形成的画工聚集之地有两处。一是各大寺院，一是各地画乡。寺院对画工管理严格，制作程序井然，唐卡的保存也较好。因此，我们将此次普查的重点主要放在产地化的民间画乡。除去西藏地区，还有甘南、迪庆、德格八邦、年都乎、吾屯和玉树藏娘等，这些都是十分古老的唐卡制作之地，并都存在活态的传承。

　　我们采用的调查的学术立场、方法、内容和标准，与中国木版年画、中国民间剪纸两个系列完全一致。

　　首先是跨学科的角度。包括文化学、民俗学、民族学、人类学和美术学。以立体和整体地把握文化遗产的生命存在，其内容包括历史变革、自然环境、地域民俗、文化现状、艺术特征、代表作品、制作流程、工具材料、传承谱系、销售方式以及相关传说。此次调查是地毯式的，不留死角；主要调查对象与方法是传承人口述史；记录方式为四合一，包括文字、摄影、录音、录像，以全面了解这一遗产的历史与现状。最终目标是为这一遗产制作文化档案。一为大型图文形式的书籍《中国唐卡艺术集成》，一为《中国唐卡艺术数据库》。

三

在上述工作正在进行中，一个重要的古老的唐卡制作之乡——玉树地区发生严重地震。玉树藏娘地区历史文化积淀深厚，国家级文化遗产多处。唐卡风格个性强烈，制作技艺迥异他乡，历代画工传承有序。但这次地震使这些文化遗产受到严重损毁与破坏。这对于本就处于弱势而濒危的非遗无疑是雪上加霜的打击。

惟使我们感到些许安慰的是，担负玉树藏娘地区唐卡调查的青海省民协以及专家学者和相关人士，经过多年非常艰辛的努力，付出极大代价，已将这一地区唐卡的田野普查全部完成，并进行了学术整理，制成了文化档案。现在，我们加速将这一珍贵的成果推出，为了及时给当下的玉树非遗保护提供科学依据；无论是这一地区传承人的全面信息，还是遗存状况，本书都具有十分可靠的第一手资料的价值；同时，本书的出版也是为了给受灾的玉树人民尤其是藏民以精神的支持，使他们能从这宗值得自豪的宝贵遗产中汲取力量，重建美好的物质与精神的家园。

由此，我们更看到自己肩上工作的意义以及紧迫性，并致力把面对的每一项非遗的抢救与保护抓紧，并做深做细，做得踏实。

2010.4

为未来记录历史

中国木版年画普查总结

《中国木版年画抢救与保护全记录2002—2011》序

二十世纪末，中国社会进入空前猛烈、急转弯式的转型。这种转型甚至是翻天覆地的。它给我们民族的文化乃至文明最大的冲击是传承的断裂，于是先觉的中国知识界发动了一场应时、及时和影响深远的文化行动——中国民间文化遗产抢救工程。

在千头万绪的民间文化遗产的抢救和保护中，一项工作犹如一条红线贯穿其间。它涉及全国、规模庞大、难度颇高，这便是对木版年画全国性地毯式的普查和科学的记录与整理。我们紧握住这条工作线索，由始至终，历时八年，现在可以说，这套巨大并十分重要的中国民间文化与艺术的档案，已经完整和可靠地建立起来了。

面对着它，总结以往，不论对于认识自我，还是坚持信念，更清醒和科学地走好下边的路，都必不可少。

思想决定选择

早在2002年，中国民间文化遗产抢救工程启动之前，我们就组织起精悍的多学科的专家小组，在晋中一带对村落民俗、民间文学与艺术进行采样调查，为即将要展开的全国性的田野抢救，制定一系列统一的学术要求与标准，并编印了《普查手册》。为将要打响的遍及全国的文化战役准备好工具和武器。

接下来是选择突破口。这突破口具有试验的意义，试验成功了就会成为一种示范。因此，这突破口（即项目）必须具备四个条件：一、全国性，同时具有各个地域风格；二、文化内涵深厚，适合多学科调查；三、传承形式多样，既有个人和家族的传承，也有村落和地区的传承；四、处于濒危，即是紧迫的抢救对象。经过论证，我们选择了年画。

在农耕社会，生活生产的节律与大自然春夏秋冬的一轮同步。春节作为除旧迎新的节日，最强烈和鲜明体现人们的精神愿望、生活理想、审美要求和终极的价值观。年画作为春节的重头戏，其人文蕴涵之深厚，民俗意义之鲜明，信息承载之密集，民族心理表现之深切，其他民间艺术难以企及。同时，它遍布全国各地，地域风格多彩多姿，手法纷繁，技艺精湛，又是绘画、雕版、民间文学与戏剧等多种文化和艺术的交汇相融，也是别的民间文化莫能相比的。然而，这一农耕文明时代留下的巨型文化财富，在社会开放和转型中，如遇海啸，被冲击得七零八落；许多艺人在二十世纪"文革"期间即已偃旗息鼓，放弃画业，大批画版流散到古玩市场，一些昔时声名显赫的年画产地几乎听不到呼吸的声音。它无疑是我们全国性民间文化亟待抢救的首选的项目之一。

我们选定年画是在 2002 年年底。抢救工程计划在 2003 年春天展开。然而，年画只有在春节来临时才进入一年一度节气性的活跃期。我们必须抓住它春节前规律性的最好的时机启动。于是，我们选择这年 10 月在河南与当地政府共同举办全国年画联展与研讨会，邀请全国年画专家与名产地相关负责人出席。在会议上传布了我们即将展开全国民间文化大普查的信息，并发动各年画产地为一次全面的、划时代的、摸清家底的田野普查做好准备。

在那次会议上，我们明确地表示"我们要把年画作为抢救工作的龙头与开端"。"我们要将中国年画的遗存一网打尽！"

这不是一个口号，而是一个明确的目标。因为我们已做好学术性的普查方案。

科学的设计

由于我们这次普查处于由农耕社会向工业社会的转型期，对于中华文明史前一个阶段的文化创造，它具有一种总结的性质。因此，普查必须注重遗产的完整性和全面性，不能疏漏。特别是民间文化是一种非物质性与活态的遗产，它因人而存在，因特异的人文而存在，因独特的方式与技艺而存在；它不只是一种客观的学术对象，而是一种传统的精神生活，是一种文化生命。

由此反思以往，年画一直仅仅被视作一种单纯的乡土的美术，因而历来多以物质性的年画本身作为调查和研究的主体；如果此次普查仍是片面的美术调查，大部分文化遗产——特别是非物质的成分辄必失去。故而此次普查，我们把一个个产地的地域特质、人文环境、民俗方式、制作工艺、技艺特征和传承记忆，全作为必不可少的调查内容。这种调查是过去很少做过的。为此，我们事先编写了"中国木版年画普查提纲"。将普查内容列为十个方面。包括产地历史、村落人文、代表画作、遗存分类、张贴习俗、工艺流程、工具材料、传承谱系、营销范围和相关传说与故事。这必然超越美术学范畴，而是人类学、民俗学、历史学、美术学等多学科多角度的综合调查。

在调查手段上，除去传统的文字和摄影，还加入录音和录像，以适应活态和立体的记录。同时，口述史和视觉人类学等学科的调查手段也在此次年画大普查中发挥积极作用。

由于我国年画制作是产地化的，这些产地大大小小分布在我国大多数省份。只有青海、新疆、宁夏和东北地区没有形成规模化和富于特色的产地，其余各省份则皆有自己的产地。

此次普查将产地分为大小两种。产地之大小，不仅根据历史规模和影响力，还要看现有的活态遗存状况。一些产地历史上颇负盛名，但如果消亡太久和过于萎缩，便要归入小产地之列。

所有产地的普查都是翻箱倒柜式的田野调查，严格按照既定的要求与标准，逐村逐户地搜寻。调查前由各省份民协按照《普查手册》和《年画普查提纲》组织人员，进行培训。普查人员由地方专家学者与相关的文化工作者相结合。调查结果要按照程序和标准进行分类、甄选、整理和撰写，并配合影像资料，制成该产地的文化档案。

在总的工作步骤中，第一步是把率先完成普查的《杨家埠卷》精心整理，经专家委员会审核后，先行出版，分发给全国各产地作为普查和编写的范本，以求各产地统一规范，编写质量保持一致，这样就避免了后续各卷的参差不一。

最终列入大产地的文化档案包括《杨家埠卷》《杨柳青卷》《朱仙镇卷》《武强卷》《绵竹卷》《梁平卷》《凤翔卷》《绛州卷》《临汾卷》《高密卷》《滩头卷》《桃花坞卷》《平度·东昌府卷》《佛山卷》《漳州卷》《上海小校场卷》《内丘神码卷》《云南甲马卷》等。另有《滑县卷》是此次普查的重大发现，过去对于滑县的年画一直未加注意，甚至知之甚微，然而滑县一带历史上是中原地区信仰类年画的重要源头，其画风庄重浓郁，样式独具，特色鲜明，因另立一卷。大产地的档案凡十九卷，包括二十个产地。山东的平度和东昌府二产地因遗存体量不大，合为一卷。

此外，小产地的文化档案皆归入《拾零卷》中。包括：东丰台、郯城、晋南、彭城、泉州、南通、扬州、安徽、樟树、获嘉、汤阴、内黄、卢氏、老河口、夹江、邳州、澳门、台南米街、江苏纸马和苏奇灯笼画。凡一卷，共二十个产地。所谓小产地，其历史规模不一定小，多数由于现今活态衰微或遗存寥寥，难以单独立卷，只能委身于《拾零卷》中；还有一些产地曾经很知名，却因活态不存或片画难寻而不得已割舍之。

这里需要说明的是，从年画史看，木版年画进入二十世纪以来，由于外来的石印与胶印技术的引进，石印的月份牌年画开始出现。石印年画形象逼真，有新奇感，而且印刷快捷，价钱便宜，很快占领了木版年画的市场。可以说，石印年画是木版年画的终结者。这在上海表现得十分突出。为此，我们在《上海小校场卷》加入了石印月份牌年画的内容，以体现年画纵向的历史。

此外，为尽可能将中国民间年画遗产完整呈现，不存遗憾，另设两卷《俄罗斯藏品卷》和《日本藏品卷》。在海外收藏中国年画的国家中，尤以俄罗斯与日本两国为最。俄罗斯学者对中国年画的研究早于我国学术界，由于他们的远见卓识，大量丰富的历史作品（主要是清末民初的年画），收藏于俄罗斯各大博物馆。日本一些博物馆所藏清代早中期的姑苏版桃花坞年画，如今在我国已极为罕见，日本学者对中国年画的研究也颇有建树。为此，邀请俄罗斯科学院院士李福清先生和日本学者三山陵女士对其两国博物馆及私人藏家的中国年画的收藏，广做调查，并主编这两卷藏品档案。图书中还附录了两国学者关于年画研究的专论。这两卷的年画珍品基本上是首次披露于世，具有很高的资料价值与研究价值，并使我们此次普查成果达到了完美的境地。

由于上述的设计和实行，我们实现了预定的目标——即完成了农耕时代中国年画终结式的总结。由三百万字、一万幅图片、大量珍贵的年画发现和全面的文化发掘，构成了这二十二卷巨型的集成性的图文集，终于将我国年画这一磅礴的历史遗产，井然有序地整理成为国家与民族重要的文化档案。从现实意义上论，它成了这些年画产地进入国家与地方遗产名录保护（即政府保护）的可靠与有力的依据；从长远的意义上说，当这种口头与手工性的遗产，在转化为文本与音像档案之后，它便得以牢固、确切和永久保存。

可以说，记录就是一种保护，甚至是首要的保护。因为记录是为了未来而记录历史。

立足于田野

贯穿着长长八年的抢救工作，关键是立足于田野。因为，民间文化在田野，不在书斋。它不是美丽和无机的学术对象，而是跳动着脉搏和危在旦夕的文化生命。

始自八年前朱仙镇上的发动，一连串的工作是频繁而不停歇的组织、研讨、论证，然后是逐门挨户的调查、寻访遗存、记录信息、艺人口述，跟着是资料梳理、分类整理、图片甄选与字斟句酌的档案编制，并且不断地回到田野去印证与补充。在中国民协抢救办统一协调中，还要一次次组织各产地之间必要的工作交流，调配专家支持各产地的学术整理与编写，然而这一切都立足在田野。一切依据田野，来自田野，忠实田野。田野也使学术充满活力。

由于田野工作不断深入，我们还逐步认识到传承文化遗产最关键的传承载体是传承人，文化遗产的活力及精华主要在传承人身上。于是从 2007 年又启动了"中国年画传承人口述史"工作，这项工作由天津大学冯骥才文学艺术研究院中国木版年画研究基地承担。这样，我们再次返回到各个产地，对其重要的传承人进行新一轮口述史访谈。现在，包括十九个产地传承人的口述史也已经出版。当传承艺人的口述史完成，中国大地上的年画遗存基本上被我们打捞干净，完整地抢救下来。正是由于我们始终伫立于田野之中，才能使中国木版年画普查成果达到如此厚重与充分。

中国木版年画普查作为整个工程率先启动的龙头项目，它对整个工程都具有示范性的意义。

由于在文化史上，我们从来没有对民族民间文化做过这种划时代的普查与总结，因此无任何经验可资凭借。我们只有对母体文化深挚情怀及其身陷危境中进行抢救的激情，却没有现成的拿来一用的方法。

八年中，木版年画普查的收获，对于整个"中国民间文化遗产抢救工程"都具有示范的意义。特别是如上所述这种思想与文化的自觉、科学的设计和立足于田野。

科学的设计是指根据普查对象的文化本质、规律与构成，所制定的一整套切实有效的普查方法。正是由于这次年画普查的内容、程序和标准设计具有科学性和创造性，才获得如此收获；可以说，我们没有因仓促的行动和学术上的误判留下较大的遗憾。

在 2009 年举行的"田野的经验——中日韩学者研讨会"上，我们系统介绍了这次文化普查的内容设计与方法设计，得到了在非物质文化遗产保护上处于领先地位的日韩两国学者的赞许与认同。

木版年画普查的科学设计不仅使普查质量得到保证，并广泛应用到其他项目的普查（如剪纸、唐卡、泥彩塑等），还在各级政府申遗调查中被普遍加以采用。它的科学性、实效性和示范性对转型期文化遗产抢救和保护起到至关重要的作用。这也是中国木版年画普查的学术成果的一个重要的副产品。

而立足田野，即与我们的文化共命运。我们不是文化的旁观者，也不是站在文化之上的知识的恩赐者，而是在文化之中为文化工作。田野是文化本身。木版年画普查的一切成果都来自田野和为了田野。

现在可以说，中国木版年画的普查工作画上句号。然而在文化的传承中，任何阶段性的句号都是一个起点。只要我们坚持立足于田野与科学的高度，并不放弃我们的责任，我们就会接着把每一件承担下来的使命完成。

2010.3

一座名城的文化家底

《中国大同雕塑全集》总序

本质地说，这不是一部一般意义的画集，而是大同这座中国雕塑的名都第一部视觉档案，也是城市的文化家底。

城市的文化家底，是指它在长期历史进程中积淀下来的文化财富；是那些历史经典，是必须继承的精神传统。

文化家底这个概念是本世纪初我们发动中国文化遗产抢救时提出来的。其原因是中国正在经历空前规模和猛烈的现代化颠覆，为了不失却传统和保证传承，必须抢先对各个城市和地域的文化遗存进行盘点，以认清自己的家底，从中找到城市个性化的文化基因，不使自己迷失于全球化的斑斓又芜杂的洪流中。这是一个城市、国家和民族在文化上必须做的大事。前人不曾做过，我们必须做。

为此，大同市政府要来做这件事。首先选择的是这座城市能够称雄世界的文化创造——雕塑。

世界上有许多雕塑之都。比如罗马、佛罗伦萨、雅典、开罗，等等。它们都拥有浩如烟海的雕塑之作和举世闻名的雕塑经典。然而凡是在上述名城感受过"叹为观止"的人，来到了大同，面对着绵延三十里的世界文化遗产云冈石窟，或是走进华严、善化、云林等诸寺，瞻望县曜五窟的巨佛，金塑二十四诸天和薄伽教藏殿的菩萨们，一样会受到那种鬼斧神工造就的人间至美的震撼。大同雕塑是一种艺术的极致，因被认定国家乃至人类的文化遗产。

大同历史上地处中原与北方少数民族交流的门户和兵家必争之地，它先后成为北魏、辽和金的首城或陪都。于是，鲜卑、契丹和女真这些终年驰骋在草原上的民族，都把他们的精神与气质注入到各自的雕塑中去。比方鲜卑的沉雄大气和契丹的刚劲清健，这就给大同的雕塑史带来风格迥异的时代性的嬗变。由于这里的北魏石窟的开凿与辽金寺观的建造大都是国家行为，其雕塑便具有示范性；同时山西古来又是中原雕塑的中心，大同的雕塑自然影响到全国。

自北魏至清代长达一千多年的岁月里，大同雕塑是一册厚重的艺术史，代无空缺。这种大同人司空见惯的艺术，渐渐潜入他们的血液，化为这个城市人人熟习的精神和审美语言，弥漫在人们的生活中；从建筑、家具、工艺装饰到日常身边各样的器物上，雕工刻艺随处可见。为此，我们不仅把雕塑看作这座城市的历史财富，更视为它的文化基因。一方面把它当作这块土地应当继承的传统，一方面将其认定为城市发展的文化原点和起点。于是，一项大型的盘点大同雕塑家底的工作就此展开。

盘点的目标是对大同的雕塑遗存进行全面普查，一网打尽。大同市政府深知，文化工作的质量应由专家保证。为此邀请国内重要的雕塑史专家、雕塑大家、摄影名家等，会同大同当地相关学者专家与专业部门，经过将近一年紧张而有序，甚至是夜以继日的工作，终于将大同历代雕塑遗存查明理清，拍摄登录，进而按大同雕塑的分布特征和艺术品种之不同，分成云冈石窟雕刻、寺观雕塑、建筑雕刻和馆藏雕塑四大类；在此基础上择其精华，以画集方式出版《中国大同雕塑全集》。按四类设四卷，有的两集，有的一集，凡四卷六集。

其中，《云冈石窟雕刻卷》乃是世界文化遗产云冈石窟的专集，画卷般展示云冈的艺术精华；《寺观雕塑卷》包括上下华严寺、善化寺、法华寺、观音堂、悬空寺等寺观的精品力作，多处雕塑为国家重点文物，其中辽金雕塑为国内这一时期存世之极品，堪称国宝；《建筑雕刻卷》既有宗教与官府建雕塑的代表，亦有民居艺雕之力作，多处九龙壁都是国内罕见的这一题材建筑雕塑的顶级作品；《馆藏雕塑卷》为大同市博物馆之珍藏。既有出土精华，也有生活小品，尽显此地雕工塑手非凡的才艺。

本集作品多是首次面世，殊堪注目；即使是常见于画集的石窟与寺观的雕塑，由于此次分外注重内涵的发掘与艺术美的体现，着意遴选，注重角度，精心拍摄，迭出新意。

本集囊括这座城市各类雕塑代表作上千件，每件作品都经专家撰写说明，注明相关信息；各卷卷首皆有分卷主编所写的序文，虽属概述，却都是极富见地与学术价值的研究论文。应该说，这种对城市遗产进行如此大规模的整理、如此严格的学术整理和审美审视，对于大同是第一次，其他城市亦很少见。它表现大同市政府对历史文化的尊重，对城市文脉传承的自觉，对此次普查要求的严格；为此，才刻意邀请相关专家出手相援，清点家底，理清文脉，寻找文魂，慎重行动。文化是精神性的事务，理应这样三思而后行。

我们参与这一工作是看重此事的意义，看重大同市政府非凡的城市理念，看重这种政府出头却信由专家依照专业方式来工作在当前的示范价值。有专家参与的保护才会是科学保护，有专家参与的发展才会是科学发展。

此外，本集的另一个意义是对一座城市历史雕塑的全面和整体的视觉展示。其甄选之精当，拍摄之考究，编审之严谨，印制之上乘，都是努力再三才达到的，因使这部画集具有资料、欣赏、收藏等多重价值。当然，如何使这些雕塑的受众更为广泛，还需要多方面的再努力。一座名城文化财富的真正主人是城市的百姓。只有它们五彩缤纷、生气盈盈活在百姓的精神生活里，并化为新时代文化的生命基因与动力，城市传统才真正能够传承下去。这也是此次整理大同的城市文化家底的终极目的。

相信现在大同人会说，我们有一份自己值得自豪的文化档案了；还会说，我们有一份中国雕塑之都坚实而确凿的历史见证了。

2010.5.16

东方大地上的人文奇花

《中国木版年画代表作》序

近千年来，人类地球东部的山川大地上，一直绽放着一种美丽又绚烂的人文和艺术之花，它就是中华民族伟大的民间创造——年画，其影响曾衍至东亚和南亚一些国家，并早在一个世纪之前就成为欧美及日本人文学者关注与研究的对象。始自 2002 年我国将年画视为珍贵的文化遗产进行了历史上首次地毯式的田野调查，以及科学整理和系统保护，从而使我们得以全面审视中国木版年画的历史与现状，并深刻地认识到它在中华文化中重要的位置及所拥有的非凡的价值。

本文试以论之。

历 史

年画的历史——先是年的历史，然后是年画的历史。

中国是农耕古国，生产周期与大自然四季一轮的周期同步，每逢新旧两个周期的交接——过年，则必是大事。在这几天里，要感恩天地，崇仰先人，和睦族亲，祈盼福祉，把对生活的理想与愿望尽情宣泄出来。为此，数千年来人们创造无数充满魅力的民俗方式，其中中华文化性质最鲜明、文化内涵最深厚、艺术最绚烂而独异者就是年画。

史料记载，早在晋唐时期人们便把具有驱邪意味的神像与老虎画在门板上，但这还不是真正意义的年画。年画必须是复制性的，人人能够拥有，并成为约定俗成的习俗。使用手绘很难实现，只有印刷才能完成。

所幸的是中国是世界上最早使用雕版印刷的国家，现今保存在大英博物馆的唐代（868 年）印制的精美的《金刚经》插图，表明至迟九世纪中国已有了高超的图像复制的雕版印刷技艺了。这给年画的诞生铺出一条宽广之路。

同时，雕版用纸，纸也是中国伟大的古代发明。纸价便宜，民间又广泛生产各种材料（树皮、竹、麻头等）制造的土纸，这又给年画的滋生和普及准备了优越的条件。

在这时期，正好是古代城市高度发展期。特别是宋代，无论朝野都十分重视良好风俗的培育。单从宋人诗文中便可看到各种优美的社会风情常常从乡土习俗中散发出来。于是，雕版印制的优美而受看的纸画便悄然出现了。北宋张择端的《清明上河图》中出现了专营各类纸画的纸马铺。由此看，贴年画的风俗在宋代已经初露端倪。

最初的年画以信仰类功能性的神像为主。敬祀神像是年俗中必不可少的。这是年画的习俗的基础。

二十世纪俄国人柯兹洛夫在内蒙古黑城子发掘到一幅金代平阳印制的年画，名为《随朝窈窕呈倾国之芳容》，这幅画很重要，它表明金代已有了生活类装饰性的年画。

然而，一种风俗真正确立起来，并非易事。

年画由它在民间渐被认同，蔚为习俗，需求日大，到农民站出来自我承担，自刻自画，自给自足，还确立了自己的审美个性与艺术体系——这个过程至少用了三百年。所以，直到明代中期以后，才遍地兴起；再到清代中期，方显出百花齐放的繁荣景象。不仅大小产地星罗棋布，题材广泛无所不包，体裁繁多不一而足，而且产量之大令人惊叹，年画最终成了每逢新年必定登场的年俗主角之一。

形 态

中国木版年画是一种特殊的画。它从形态到本质，都与国画不同，甚至相反。

首先，年画是雕版印刷与手绘相结合的画，兼有版画与绘画的特点。有时它全凭雕版印制，单版或套版，不加手绘，艺人高超的雕版的刀法及腕底的版味尽显无遗；有时要加上一些手绘，有的手绘成分很大，除去墨色的线版之外，开脸点睛，上妆施粉，随类赋彩，全用手绘，但这种结合版画的手绘与单纯的绘画是完全不同的两种画法；技巧另类，意趣别样。

年画是一种民间画，它与精英文人画全然两样。年画艺人是农民，农民作画没有刻意的艺术理论，也没有学理的追求。只是要把心中的东西直接画在纸上。就像远古的岩画，不写实，只写意写神，一切都是原发的、随性的、情感化的。呈现着大地人文的本色与生命的本真。

年画是一种共性的画。年画与其他民间艺术一样，不追求个性，却追求周围人们的认同。认同是共性的体现。只有被认同才能成立。任何一种站住脚的民间艺术都是与当地人们共同的人生想往、心理与审美长期"磨合"的结果，所以最终它体现的是民间文化最重要的价值之一，即地域性。表现共性而非个性是民间文化与精英文化最关键的区别。民间艺术之间不是艺人个性的相异，而是地域性的彼此不同。如朱仙镇之豪放、桃花坞之精巧、武强之雄劲、漳州之清疏，共同构成了中国年画彼此争奇斗艳的艺术世界。

民间年画又是一种节日的画。年画从属于年俗，自然与年的特定氛围一致。因而中国人的年画喜庆热烈，丰盈饱满，艳丽夺目，这是惟年画才有的。

年画还是一种传承的画。年画的画面和图案，以及制作手法是代代相传的。虽然传承过程有所新创，但他们绝不会放弃任何一块古版。一些画面终岁不改，一些制作手段始终不渝，表达着艺人们对祖传文化的恪守和对传统的挚爱，因使中国年画具有很牢固的传统性，积淀着悠久而深厚的历史人文。有的图像（如纸马）甚至含有活化石的意味。

这样一种形态与性质的年画，自然极其独特。

内　涵

年画看似简单，内涵却非同小可。

一句话应先讲清楚，年画是中国普通百姓特别是广大农民的精神天地的可视的呈现。

古代的中国人，精神世界里位置最高的是神灵，因而神灵之像（神像）是年画的主项。年画中的神像并非宗教偶像。虽然各种宗教（佛、道、儒）的主神常常会在年画里出现，但没有严格的宗教意义。在科学蒙昧时代，人们将自己命运的安危祸福交给想象的神灵主宰，然后设法与之对话，这便是民间崇拜的由来。老百姓的神灵世界相当模糊，而且更相信一个十分原始的概念——万物有灵。因此，人们不但把现有各种宗教的神佛拉过来，还创造出大量的无法理清的地方神和行业神。北京印制过一百种神像俗称"京百份"，滑县李方屯将《全神图》由七十二像扩大到八十三像，白族的本主一村一位或几位；至于各地纸马上的神像更是不可胜数，相当一部分今天已经无法辨识。每逢除夕之时，家家户户屋里屋外到处贴满"各司其职"的神像；平时难得一见的神仙，此刻全围在身边。以神像们构成的庞大的神灵世界，带来一种强大的安全感；特别是在这旧去新来、充满未知的时刻，在心理上给自己以稳定与安慰。

同时，年画又是人间生活的理想国。

年画中一大内容是展示人们自己的生活。这种生活是男耕女织，美妇胖娃，风调雨顺，五谷丰登，花红草绿，人丁兴旺，家畜健壮，连年有余，发财还家，衣锦还乡，金榜题名，日进斗金，等等。当然，这并不是生活现实，而是一种理想的生活图画，祈盼中的梦境。年画很少写实。在这特定的迎新之日，人们心里全是理想的图景。如果想知道中国农民千百年来的梦想，就去看他们的年画。他们都已经画在画上了。

年画还是墙上的舞台。

年画是老百姓画给自己看的，古代老百姓的日常文艺大餐莫过于看戏，故而戏曲故事题材的年画最具观赏性。一幅戏曲年画贴在墙上，会给人们时不时指指点点说上一年。大戏难得来到村里，戏画天天都在屋中。中国戏曲年画不仅数量大，戏出多，而且不同产地的年画往往取材于当地人们喜闻乐见的地方戏。比如武强取材于老调梆子、河北梆子、武安落子，晋南多取材于蒲剧、铙鼓杂戏、洪洞道情，滑县取材于大弦戏，凤翔取材于秦腔，桃花坞取材于时令小调，等等。于是，大量民间戏曲及其剧目可视地保存在中国年画中。有的年画现在还在印制，画上的剧目甚至剧种却已然消泯了。

年画更是大众的自我教材。

年画中还有一种内涵不容忽视，就是教化。劝善诫恶，催人奋进，敬老爱幼，伸张正义。自古农村社会无人管束，全靠精神与道德传统自律，靠一种自我教育。饶有意味的是，这种教化题材的年画更不是谁来说教，而恰恰是从人们自己耳熟能详的历史典故与传说故事中选出来的，比如二十四孝、孔融让梨、雪中送炭、将相和、孟母择邻，等等。于是，从中可以明白古代农村社会超稳定性到底由何而来。

从上边略说的中国年画之内涵，即可知其包藏之大之深之周全。它实际深藏着中国根基性的人文本质，民间哲学以及国民性。

当然，真正深层的解读在我们的研究中刚刚开始。

艺　术

中国年画因其民间性、农民性、自发性、集体性、节日与风俗性，在艺术上自成体系；不论是造型、色彩，还是表现方式都是独特和独有的。

在造型上，强调饱满丰腴，健旺阳刚，宁肥勿瘦，宁动勿静，处处显示新岁来临之际，对生活兴旺与生命活跃的渴望。鸡要雄鸡，猪要肥猪，娃要胖娃，果要硕果；在年画中，所有形象都是充满活力的生命符号，都是理想化的象征。甚至连人物的表情，也都是笑口笑眼。中国人过年时是忌口角与哭相的。阳刚、快乐、健康、活力四射是年画造型的精神元素，也是造型原则。

在色彩上基本上是主观的，没有写实和自然主义的成分。民间色彩充满人文意义。在民间，红色是喜庆的颜色，象征火爆、热烈、喜庆和欢乐，所以红色是年画的主色，也是年的主色。很少年画没有红色（除去嘉庆四年乾隆驾崩时杨柳青的"断国孝"年画是一特例）。黄色是从属于金的富贵之色，也是年画主要使用的颜色。绿色和紫色在年画中是作为红黄的对比色使用的，以使红黄更强烈和更鲜活。

追求鲜亮夺目是年画的色彩观。为此，年画用色的特点：一是使用原色，很少用复合色；二是运用对比色，极少用谐调色。民间所用颜料多是矿物与植物颜料，朱丹、品红、品绿、槐黄、烟黑等，色彩更加艳丽照人。原色是有限的，因此着色时，要将色彩相互错开，各种色块一边交错一边对比，从而达到丰富和斑斓。

在表现手法上，不尚写实的民间艺术，充分使用象征、比喻、夸张和拟人的手法，一方面使形象得到有力的强调，一方面加深了内涵的厚重。

特别需要强调的是谐音形象的使用。中国民间艺术中最广泛使用谐音形象的是年画和剪纸。谐音形象巧妙地利用一种事物相同的读音，依声托事，另寓他意。这些谐音形象的寓意都含着吉祥祝福之意，谐音形象在民间被视为吉祥形象，人人熟知，喜闻乐见；每每见到而"破解其意"时，都会从中获得别样的审美愉悦。千百年来，人们积累了成百上千种谐音形象，它们布满在年画的画面上，大大加强了年画吉祥意义、装饰美和人文的厚重，并使中国年画在人类绘画中别具一格。

当然，还有那些藏画诗、花鸟字、俏皮话图、灯谜画、连环图，等等——这些都是惟有民间年画才有的饶有趣味的艺术方式，因使年画与广大百姓"快乐相处"，并一直百般受宠地活在民间。

样 式

中国民间年画还有着十分丰富的种类和体裁样式。由于年画是风俗性的，什么时间什么种类的年画贴在什么地方，皆有俗规。比如全神像和家堂画要挂在中厅或迎面大墙的中央，多为立式；门神与门画要贴在大门和房门上，常为一对，分贴左右两扇门板上；各类神像全有指定位置，灶神在灶台上方，家畜神在槽头之上，田祖在粮屯上，送子观音在新婚夫妇的居室里，不同地区往往还有不同规矩，纸马就更是如此。至于各类风俗、戏文、历史故事和装饰性的年画则可依个人意愿贴在屋内墙上，多为横幅（三裁或贡尖），也有的是对屏和四条屏。

由于中国地理不同，文化不同，"五里不同风，十里不同俗"，各地方都有自己"独家"的品种与样式。山东杨家埠和高密冬天冷，墙体厚，窗子两边墙的侧面要贴"窗旁"，上贴"窗顶"，墙角背光的地方贴圆形的年画，俗称"月光"；晋鲁两地的桌边喜欢粘贴"桌围"，沿着炕的墙上贴一圈"炕围"；临汾绛州一带碗柜上沿还要贴一条印着戏文画的"拂尘纸"，既遮尘又美观；漳州一带连蜡烛座上也贴上印着五色的"色龙"。此外，天津杨柳青的

"缸鱼"，武强的"灯画"，凤翔的"窗画"，滩头的"窗格画"，绵竹的"门笺"，桃花坞的"斗旗"与"月宫"，等等，都具有该地区特定的自然人文的含义。

人们以如此丰繁的各色样式、各类内容的年画，把自己包裹其中，使自己进了一个理想化与浪漫化的花团锦簇之中，美滋滋实现了心中的年。

产 地

年画制作在中国是产地化的，也称画乡。画乡是一片神奇的土地，可是年画之乡还有些特殊性；它通常要有两种非凡的手艺。一是画艺，一是雕版的手艺。所以许多产地的源起都与古代刻书业的雕版印刷有关。宋金几大雕版印刷中心如南方的苏州、金陵、徽州、建安与北方的北京、平阳和聊城，后来这一带都有年画的产地出现，其年画风格与刻书风格基本一致。如苏州的精细与建安的疏放。

最早的年画应在宋金时期。早期产地以纸马铺为主。比方汴梁、平阳、绵竹等。及至明代中期开始多了起来，年画的题材与体裁渐次丰富。重点产地有杨柳青、苏州、凤翔、潍县等。在本世纪初调查产地艺人传承谱系时发现，杨家埠的杨氏、滑县的韩氏、凤翔南肖里的邰氏、杨柳青的戴氏早在明代就立案印画，这些产地后来都发展为风格独具的地区的年画中心。到了清代中期，年画需求日大，新生的产地蜂拥而起，所制作的年画覆盖全国；即使东北和西北地区少数没有产地的省份（如黑龙江、吉林、辽宁、新疆、宁夏等）也能得到充足的年画供应，足见当时年画习俗势头之盛。

这期间一些年画文化圈形成了。一是京津，以杨柳青年画为核心，供应京津、华北和东北；一是燕赵，从武强为中心，向南至豫北，多印信仰类年画；一是齐鲁，山东为年画产地最多的省份，以杨家埠影响最大；一是晋南，中心是平阳；一是江南苏州扬州无锡杭州等地，以桃花坞为首；一是四川，三大产地（梁平、夹江、绵竹）联手覆盖川地；一是东南，潮州漳州福州并跨越海峡影响到台湾地区的米街；一是安徽，北至阜阳南至歙县连成一线。当然还有一些地区性的中心，如广东佛山、陕西凤翔、湖南滩头、湖北老河口等。

年画产地传承方式是家族式的。传男不传女，不传外姓，这也是古代民间一种原始的"著作权"的自我保护方式。这样的家族式的代代相传有助于文脉不断。非物质性的技艺传承凭借口传心授；物质性的遗产最关键的祖传老版，年画艺人将世袭的古版视若生命。

年画产地的生产方式是家庭式作坊。一般在秋收之后开始，一家老小一齐动手，父子合力，婆领媳作，而且分工明确。有的印画，有的晾画，有的上色；老辈艺人负责关键部位，如开脸、勾眉、画须、晕染；小辈晚辈则填色和刷底色。即使开店，也多是前店后厂，外地画贩上门买画，然后批发与贩运到外地。

年画是季节性的。年画制作有周期性。依民俗，张贴年画通常是在腊月二十四"扫房"之后，张贴灶王是必须在祭灶日（腊月二十三）之前。制作年画的周期是从每年秋收后到腊月中旬这一季度里。

年年此时，中华大地无数画乡便拉开大幕，演绎出农耕社会这种普通农民神奇的艺术生活，以无比瑰丽的生活想象创造出数以亿计的天堂化的人间图画。

中国木版年画走过它长达千年的历史，到了近代（1840年后）遭遇到外来文化的冲击，特别是新颖而便捷的石印技术的传入，直接导致传统的木版年画陷入急剧的瓦解期。随后便是社会的更迭与时代的转型，在迅猛的现代化大潮中，年画作为古老的风俗方式，面临着将从生活淡出和被丢弃的现实。

对文化自觉的关键，是在它将要消失的时候。错过了这时机，便会失不再来。但我们是有这种文化自觉的。

始自2002年的中国民间文化遗产抢救工程，以年画作为率先项目，从历史学、人类学、民俗学、美术学等多学科角度上，对其展开历史上空前的全方位的田野普查，继而进行分类、研究和档案化的整理。前后用时十年，投入人数近千，终于完成了中国木版年画所有产地活态遗存的全记录和数据库。这项工作有助于一些已入绝境的产地，从历史与文化高度认识到自己所拥有的遗产的价值，并致力恢复，重获新生。如今大部分产地被列入国家非遗名录，艺人传承重续香火，年画博物馆纷纷建起，一些产地兴办起一年一度的年画节，致使人们树立起自我的文化信心。

正像中国的年最能体现中国人的人文形象那样——这种中国的年所专有的图画，最能从中看到中国人的精神天地与心灵向往。

很少一种民间艺术包含如此之多的文化元素，即中国的纸文明、雕版印刷、绘画艺术、民间文学、民间戏曲、民俗和农耕生产及其生活。

很少一种民间艺术具有如此众多地域个性，地域崇尚与审美，以及相互迥然的表达方式。

很少一种民间艺术以如此浪漫和充满想象力的方式表达自己的精神理想，以完全光明的方式抒发心灵，以自己的笔一年一度去点亮生活。

在完成了上述中国木版年画的全档案之后，我们一方面存录于计算机，制作可供研究与社会共享并用的数据库，一方面分门别类出版各种专集，以便查阅与欣赏。

此集出版乃是将其中物质性画作近万张，摘精选萃，精印成集。为使读者赏读有序，分作南北两卷，由此可看出两地风物人情之迥异；每卷又以产地自成篇章，从中以获知各产地个性审美之独特。

此次田野普查，不单所获珍品甚多，还邀请俄罗斯院士李福清先生和日本中国文化学者三山陵女士，分别从两国各大博物馆的中国年画藏品中甄选精华。其中日本各博物馆关于清代早期姑苏版年画的收藏，俄罗斯各博物馆关于清末民初中国各地年画的收藏，都是首次披露于世，绝大部分在国内已无从得见，属于珍稀孤本，因亦为本集选入之重点。

这部画集，作为二十一世纪中国木版年画遗产抢救的画作精华，其本身也深具遗产的意义。

是为序言。

2013.1.23